VTuberなんだが配信切り忘れたら伝説になってた5

七斗 七

ファンタジア文庫

3237

口絵・本文イラスト　塩かずのこ

は?
聖様がかわいいとかふざけんなよ
ぴぴるぴるぴるぴぴるぴ～
配信内でリテイク希望
おめでとう!
取調べコラボ
Awayuki × Sei
#ライブオン変態組
VTuberなんだが
配信切り忘れたら
伝説になってた[4]

いままでのあらすじ

99,999,999回視聴・2022/05/20

9999 155

シュワちゃん切り抜きch

チャンネル登録者数 10万人

登録済み

やばいクレーマーの編集　※フィクションです

こちらが　七斗七さんの

VTuberなんだが配信切り忘れたら伝説になってた　第4巻です

うっひょ～～～～～～!

原稿を読み進めると　なんだか**意味深な態度**の**聖**を見て

ネタキャラはネタキャラのままでいて欲しい派閥代表として**怒りのメール**を出したら

作者さんからの誠意で**ワルクラ**を**ネタまみれ**にしてもらいました

俺の**権力**次第でこのシリーズ**打ち切り**にすることだってできるんだぞって事で

続き読みま～～～～す!　次は有素とのお泊りから

コラ～!

これでもかってくらいネタまみれな濃厚コメディの中には

意味深な表情をした**淡雪**の挿絵が入っており　怒りのあまり

作者に**電凸**して**原稿の全没**を**予告**してしまいました～!

すっかり作者側も立場を弁え　**誠意のクソゲー、モン狩り、ソロ配信**を貰った所で

お次に　**圧倒的存在感の聖様の収益化奪還計画**を

めくる～!　殺すぞ～!

てぇてぇとした展開の先には、俺の推しであった**シオンママ**が**聖に奪われており**

さすがの編集も、作者宅に入って行ってしまいました～!

ちなみに、作者さんが土下座している様子は、ぜひファンタジア文庫公式サイトをご覧ください

プロローグ

「皆でお泊り会したい！」

光《ひかり》ちゃんのはきはきとした明るい声が耳に響く。

聖《せい》様の収益化問題が、まさかの解決と共にシオン先輩とのカップル成立という結末を迎え、私も収益化をホームランしたら彼女できるかな？　なんて苦笑いで考えていたのも束《つか》の間《ま》、今度は新たなイベントの開催が間近に迫っていた。

現在、三期生全員で通話を繋《つな》ぎ、とある話し合いをしている。配信外の裏作業だ。

話し合いのテーマは『三期生デビューから1周年の記念になにをするか』である。

そう、退屈という言葉を忘れそうになるほどの目が回るような日々を過ごしている内に、なんと、もうすぐデビューから丁度1年が経《た》とうとしていたのだ。

そこで、やはり1周年となれば特別なことをしたくなる。

私、ましろん、ちゃみちゃんが良《い》い案はないか唸《うな》っていたところ、先陣を切ったのは流石《さすが》は陽キャ（常識人とは言ってない）の光ちゃんだった。

「前にましろちゃんと淡雪《あわゆき》ちゃんがお泊り配信してたよね？　光それがすっごく羨ましくて！　４人皆で集まってお泊り会配信とかめっちゃ楽しそうじゃない？」

全員その案には好意的な反応だった。

「お泊り会、僕もいいと思うな。久しぶりに直接皆に会いたいよ」

「ふっふっふ、大人数でお泊り、達成できれば間違いなく私も陽キャの仲間入りね！　直接会うのはかなり緊張するけど、同期の皆とならと大丈夫だと思うわ」

「私も賛成です！　そういえば三期生が全員オフで集まって配信することって今までなかったので、きっとリスナーさんもよろこんでくれるかと！」

「お、皆反応いい感じ？　じゃあさじゃあさ！　せっかく皆で集まれる珍しい機会なんだから一日丸ごと配信とかどうよ⁉　昼前くらいから配信開始して、寝る前までずっと配信するの！」

「それは光ちゃんが耐久したいだけなのでは……？」

思わずそうツッコミを入れてしまい皆から笑いが起きたが、これも反対という人はいなかった。

むしろ長時間配信となれば細かな案でも多数詰め込むことが出来る為《ため》、今まで思いついても発言までいかなかった案も皆進んで言うようになり、会話は更に弾んでいく。

「なにかゲームとかどうかしら？　私がASMRマイクを持参して最下位の人は罰ゲームでそれに恥ずかしいセリフを言うとか！」

「ゲーム！　いいねいいね！　光負けないよ！」

「これまたちゃみちゃん本人が楽しみたいのが透けて見える気がするけど……まぁいっか。僕も当日までにサムネ用のお泊りイラスト描いちゃおうかな」

「あ、じゃあ食事の時間になったら私とちゃみちゃんが主軸になってお料理配信とかしましょうか！」

どんどん企画の中身が固まっていく。次第に1周年記念はお泊り会配信で決定の流れとなった。

「あと、ミニライブとかできるといいですね。皆で歌いたいです！」

「それならお泊り会の場所も光の家ですることにしよっか？　1人暮らしだし、防音室あるから歌もいけるよ！」

「いいね、それじゃあお願いしようかな」

「楽しみになってきたわね」

これで企画も場所も決まった。とりあえず今日の話し合いの目的は達成したことになる。

皆も安心したのか、徐々に肩の力が抜けてリラックスムードになってきた。臆さずに良い案を率先して言い出してくれた光ちゃんのファインプレーだ。

「なに持っていこうかしら？　とりあえずマイクは持っていくわね」

「私スト○○もっていっちゃいましょうかね～」

「ふふっ、あわちゃんだけじゃなくてシュワちゃんも出してあげたいしね。皆でお酒飲もうか」

「飲み会だぁ！　えへへ、光いつかは皆でお泊り会してみたいってずっと思ってたの！　発案者として皆が楽しめるように準備とか頑張るね！」

ええ子や……本当に光ちゃんはええ子や……。

一緒にデビューして今日まで切磋琢磨《せっさたくま》してきた私たちだ。成長を祝い、更に仲が深まるような素敵な記念日になるといいな。

その後も軽く雑談を交わした後、通話は終了となった。1周年まであと少し、そろそろ今までにない規模の大型コラボもあるし、お泊り会に備えながら、急《せ》く心を落ち着かせて通常の活動も頑張っていこう。

第一章

ライブオンオールスターコラボ・監禁人狼

『オールスター』

誰しもがこの単語を聞くと少なからず心が躍るのではないだろうか？

自分の好きなもの同士がコラボするだけでも心躍るのに、それが1対1に止《とど》まらず大人数ともなれば、もう気分は高揚を超えて夢見心地だろう。

ただ、オールスターというものが望まれるのは誰しも知るところではあるが、これを本当に実現するとなれば考えれば考える程高いハードルがあることに気づかされる。

全員のスケジュールを押さえたとしても、企画の内容、円滑な進行、平等な扱い、個性の調和などなどの問題が積み重なり、そしてこれは集めるスターの人数が多くなるほど難しくなっていく。

これらをまとめるには、それ相応の『場』が求められるのだ。

現在のライブオンのライバー数はあわとシュワを合わせて1として11人、しかも全員が頭の中オールスター。

それに対応できる場なんてそう簡単に用意できるわけない……そう思っていた時期が私にもありました。

しかもそれはたった一つのPCゲームで解決した。さぁみんな、今こそ叫ぼう——

かがくのちからってすげー！

「夢のライブオン全ライバー参加のオールスターコラボ企画！『監禁人狼《じんろう》』、ここに開幕——‼」

シオンママの開始の合図が終わると同時に私を含めた全11人の歓声があがる。

「今回も司会進行を担当するのはみんなのママこと神成《かみなり》シオンです！　それでは続いて一期生から順に自己紹介をよろしく！」

本当に全員居るんだよと証明する意味も込めて一期生の晴《はれる》先輩から二期生、三期生と自己紹介が流れていく。

「プシュ！　今回の企画でテンションが上がりすぎてスト○○オールスターを混ぜ合わせて錬成したスト○○ガンギマリ味をキメているシュワちゃんだどー！　ちなみにここから

数日余った各種炭酸抜きスト○○を飲まないといけないことが確定しているけどそんなのかんけぇねぇ！」

「ほぉ！　ちなみにお味の程は？」

「やってはいけないことをしている背徳感がありますな」

「……それは美味《おい》しいの？」

「ゼロの探究者である私としてはガンギマリ味を錬成できたことに非常に満足している所存です」

「いや、あの、もっと具体的な味の感想がほしいかなって」

「それは聞くな」

「はい」

というわけでシオンママのサポートを頂きながら私の順番も終わり、テンポよく四期生紹介へと続いていき、最後に還《かえる》ちゃんの挨拶が終わったとき、そこには紛れもなく11人が揃《そろ》っていた。

：まじで全員おるやんけ
：神
：感動すると同時にえげつない不安も感じているのは人生初めてだ

：登場人物が全員範馬◯次郎のバキ
：ア◯ンジャーズかと一瞬思ったけどアカンヤーツだった
：なんかここだけ異様にヒューム値高そう
：人狼に感謝
：全員が人狼役で人狼ゲームやりだしそう
：草
：あわちゃんはいないんですか……？
：今日は淡雪降ってないね、仕方ないね
：あわちゃんなら俺の隣で寝てるよ
：二日酔いの介抱ご苦労様です
：なんでシュワちゃんはハイポーション作ってるの？
：シュワちゃん某馬みたいな犬説出てきたな
：あのお方のウ◯娘参戦待ってます
：アグネスタキオンかな？
：初の組み合わせが山ほどあってワクワクがやばい
：この感じはバンジージャンプする直前と似てる

「今回は出来るだけ長くゲームをしたいからね、早速企画の説明に入っていくよ！」

阿鼻叫喚《あびきょうかん》のコメント欄を眺めるのもほどほどに、企画の説明に入るシオンママ。

さっきも言ったけど、今回は監禁人狼というゲームを介したコラボ企画だ。

まず前提として人狼ゲームというパーティーゲームがある。参加者のうち何人かが人狼役となり人間役を襲っていき、人間役は推理で人狼役を特定してやっつけるあれだ。実際にやったことがある人も多いだろう。

今回みんなでプレイする監禁人狼はその人狼ゲームを基にしたＰＣゲームの一種だ。

舞台設定としては、

今回のケースだと11人のゲーム参加者である私たちは普段通りの日常を過ごしている中突然誘拐され、気が付くと無機質でＳＦチックな部屋が連なった施設に閉じ込められていた。

ここから脱出するためには各部屋に設置された簡単なミニゲームをクリアしていき、そのたびに少しずつ積みあがる脱出ゲージを満タンにするしかないとアナウンスされる。

他に手段もないため仕方なく従う『プレイヤー』たちだったが、その中にはこのゲームの運営によって生み出された『人狼』が紛れ込んでおり……

といった感じ。

基本は上から見下ろすタイプのレトロで2Dチックなゲームなのだが、このゲームの利点はひたすらに分かりやすいところ。

プレイヤーは基本的に攻撃手段などは持たず移動ができるだけで、各部屋の簡単なミニゲームをクリアして脱出を目指していく。

人狼は近くのプレイヤーを即死させる攻撃手段を持っており、運営から様々な支援を受けながらプレイヤーの全滅を目指していく。

やらなければいけないことが極力簡潔に抑えられており、しかも途中途中に挟まる『議論』パートのおかげで人狼ゲーム本来の話し合いの面白さもしっかり内蔵している。

「説明はこんな感じかな。正直このゲームは見てもらった方が理解が早いと思うから、早速一回戦始めちゃうよ！」

シオンママの言う通り、百聞は一見に如《し》かず。

一応事前にみんなで一度テストプレイをしてあるので、めちゃくちゃにグダることはないだろう。私もその都度思い出しながらプレイしていくつもりだ。

「あ、それと注意点として、完全に身内かつ全員初心者なので、マナーとかは最低限のかなりゆるゆる仕様でいきます！　今回の配信に限った話じゃないけど、やらかしちゃった人とかがいても絶対にコメント欄で悪口とかだめだよ！　それじゃあ一回戦スタート‼」

シオンママの掛け声と共に画面が待機所から切り替わる。当然だがここから私たちはコメント欄を見るのは禁止だ。

さぁ初の全員参加となる超大型コラボ、楽しんでいきましょう！

「ええと、私はどっちかなー」

まずはゲーム開始時に11人のプレイヤーの中からランダムに2人の人狼が選ばれる。ここではっきりと逃げる側、襲う側と立場が分かれるわけだ。

私は――プレイヤー側だ。人狼から逃げながら施設の脱出、または人狼役を特定して倒す通称『吊《つ》る』ことによる人狼全滅を目指す。

一旦ここから会話はミュートだ、みんなとの会話は後の議論パートまでお預けとなる。

「よっしゃー！　令和の名探偵江戸イル川シャーロック乱歩ームズ0世コナンと言われている私の推理力を見せてやるぜ！」

さて、操作可能状態になり、いよいよ本格的に死と隣り合わせのゲームが始まる。

まずはシオンママの説明にもあった通り各部屋のミニゲームをクリアして脱出ゲージを溜《た》めていくわけだが、どこから行こうか――

このゲーム、かなり大まかにだがマップが、

監禁人狼簡易マップ

簡易ルール

●プレイヤー側と人狼側に別れる
（今回は11人中2人が人狼）
●プレイヤーは攻撃手段を持たない
●人狼は近くにいるプレイヤーを殺す事ができる
●人狼はプレイヤーを妨害する様々な手段を持つ

●プレイヤー勝利条件
・各セクターに設置された簡単なミニゲームをクリアする or
・【議論】にて全ての人狼を特定し倒す
●人狼側勝利条件
・プレイヤーと人狼の人数を同数にする

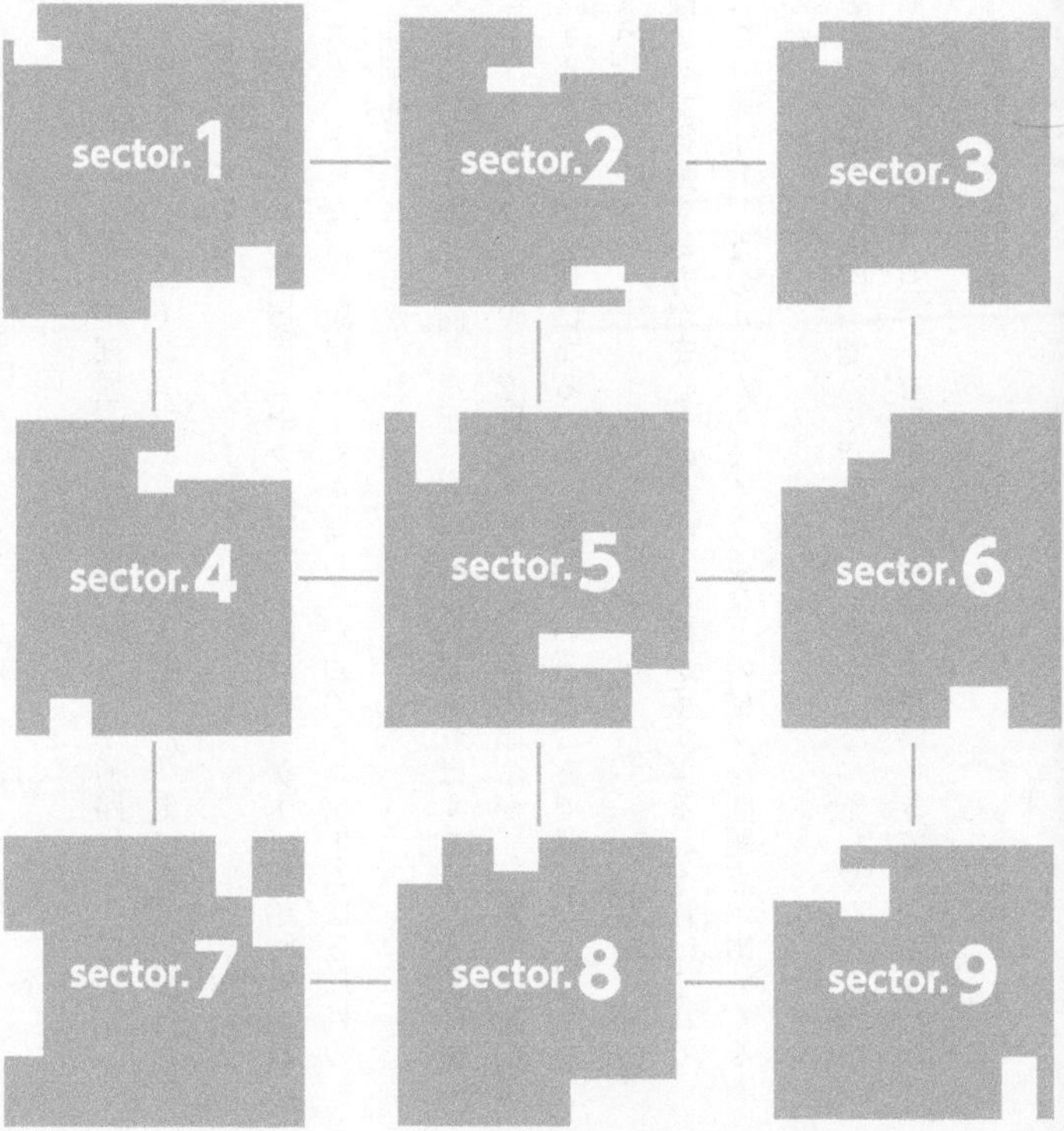

このように正方形になっている。番号が部屋、線が部屋の間を結ぶ通路になっていて、各部屋や通路の形を変えることでバリエーションを出している感じだ。更に番号が振られていない小部屋も各地に点在している。

また、番号が振られている大きめの部屋は『セクター』と呼ばれ、ゲーム開始時は全員中央のセクター5からスタートとなる。脱出ゲージを溜めるためのミニゲームは5以外のセクターにあるため、強制的にそこへ歩かされることになる。

初心者なりに感じたこのゲームの立ち回りだが、基本的に孤立すればするほど人狼に狙われる可能性が高くなる。人狼はプレイヤーを即死させることが出来るが、連続で出来るわけではなく30秒のクールタイムが必要になるため、集団でいるところで殺害なんてしたら即人狼バレしてしまう。

そのため何人かで固まって行動する方が安心なのだが、人数が多すぎるとそれはそれで画面がごちゃごちゃになり誰が殺したのか分からなくなるなどの様々な問題点が出てくるので、程々が大事なのだ。

皆が即席のチームを組みながら散らばっていく。私は……そうだな、光《ひかり》ちゃんが向かっているセクター1方面に行こうかな。おっ、有素《ありす》ちゃんが後ろを付いてきて3人になった。

：え、なんて？

：色々ごちゃ混ぜになっていたような
：令和もなにもこんなカオスな名前の人物はどの時代にもいない
：シュワちゃん、初代は1世って名乗るんやで
：継ぎたい人がいないからそもそも付けなくてよさそう
：○世の後に名前付け足す人初めて見たわｗ
：なんでも組み合わせればいいって思ってるの絶妙にバカっぽくて草
：そもそも酒飲んで参加してる時点でお察しなのでは……？
：自己紹介かと思ったら事故紹介だった
「有素ちゃんはプレイヤーとか人狼《じんろう》とか関係なしに尻を狙ってきそうだから一瞬恐怖を感じたけど、まぁ光ちゃんもいるし大丈夫っしょ！」
無事セクター１に到着したので、みんなでミニゲームを開始する。
「確かこれはこうして、ほいほいほーいっと」
どれも数秒で終わるような簡単なものだ。操作しているキャラクターがとことこ歩くさまがかわいいのもあって現状とてもほのぼのとしているのだが——
「停電……」
突如施設の電気が落ち、視野が極端に狭くなった。これは人狼側が使うことが出来る妨

害手段だ。

人狼側はゲームの運営と繋《つな》がっており、運営に要請することで様々な妨害の支援を受けることが出来る。

ラインナップは、

1・今起こっている30秒間の『停電』、プレイヤーの視野が極端に狭くなるが、人狼側ははっきり見えている

2・特定のセクターのミニゲームを30秒以内にクリアしないと施設全体にプレイヤーのみに作用する毒ガスが噴射されてゲームオーバーになる『強制ミニゲーム』

3・セクター1、3、7、9に設置されている『テレポート機器』、この四つのセクター間なら瞬間移動ができる

4・セクターの『ドアの閉鎖』、これも30秒間で、主にプレイヤーの逃げ道を塞ぐ目的や移動を制限するときに使われる

この4種。各種一度使うと30秒のクールタイムが必要になり、2人の人狼で共用になっている。

人狼側はこれらを巧みに使ってチーム行動しているプレイヤーを孤立させ、バレないように殺害していくわけだ。

停電で右往左往している内に電気が復旧した、ということは恐らくそろそろ……。

「お、来ちゃったね！」

画面に不安を煽《あお》る赤色で大きく表示された『緊急議論』の文字。これは死体を誰かが発見したときにその場で通報を実行できるようになるので、そのボタンが押されたことを意味する。

マップに最初から死体が設置されていることなんてない。これはつまり誰かが殺されたというわけだ。

ゲーム操作が一旦停止され、画面が議論パート専用の各参加者の名前が表示されたものに強制的に切り替わる。議論パートはこの通報と、誰かがセクター5にのみ設置されている招集ボタンを押したときのみ開始される。

さて、この画面では死んだ参加者の名前は下に死亡と出る為《ため》、一発で分かる。第一被害者は――

【朝霧《あさぎり》晴・死亡】

「おいいいいいいぃぃぃぃ⁉⁉」

驚きの声と共に慌ててミュートを解除して会話が通じるようにする。予想外の第一被害者にみんなも同様に阿鼻叫喚だ。

これより議論パート。制限時間は2分。その間に人狼と思わしき参加者を見つけ出し、『投票』をする。議論が終わった時に最も多くの票を集めてしまった参加者は素性がプレイヤーであれ人狼であれ関係なく吊られて退場となる。

また、誰が人狼かという確証がないときは投票をスキップすることも可能であり、過半数がスキップを選択した場合は誰も吊られることはない。

さぁ、人狼系ゲームの目玉である楽しい楽しい話し合いのスタートだ。

「晴先輩を殺《や》るとは……流石《さすが》のシオンママも許せないよ！」

「晴先輩が居なければ淡雪《あわゆき》殿もライブオンも生まれなかったのであります！　これは極刑なのであります！」

「にゃにゃ！　自分がここに居ること自体晴先輩のおかげだということが人狼役には分かってないぞ！　早く正体を現せ！　自首すれば今なら許してやる！」

みんなにとっての恩人の死という衝撃で、多方面から怒りの声が上がる阿鼻叫喚状態だ。

「……なんでみんな脅しで解決しようとしてるの？　これ人狼ゲームなんだよ？」

……流石のましろんのツッコミで私も含めてようやくガヤが収まった。

いけねぇいけねぇ、会話が大事なゲームなんだから我を失ったらその分人狼側に有利に傾く、落ち着かなければ。

……そうだ！　ここはいっちょ洒落《しゃれ》たことでも言って場を落ち着かせますかな！

「これじゃあ人狼役にとっては人狼ゲームじゃなくて心労ゲームってな！」

『…………………』

あの…………。

場を落ち着かせるとは言ったけど…………。

瞬間凍結までさせるつもりはなかったんだけどな…………。

「んん？　ごめんシュワちゃん！　光上手《うま》く聞き取れなかった！　しんろうって言った？結婚の話？　説明も求む！」

「やめて光ちゃん！　これ以上傷口をえぐらないで！」

「ママ心配しないで。なにがあっても還の最ママは変わらないですよ」

「うん、その点は一切心配したことないから大丈夫だよ。むしろぜひこの機会に変えていただいて」

「あはははははははっ‼　淡雪殿の言うことはなんでも面白いのであります！」

「私が言うのもなんだけどそれはツボ浅すぎだろ！　ドス〇ァンゴかよ全身弱点的な意味

で！」

「ウキョキョキョキョ！　淡雪君は面白いでゲスなぁ‼」

「おい今の誰だ！　ここにはライブオンのライバーしかいないはずなのに聞いたことない口調の奴《やつ》居たぞ！」

「私だよ私、聖《せい》様だよ」

「誰だよ」

「ウキョキョキョキョ！　我は聖様でゲス！」

「あ、なんだ聖様か、いつも通り変な笑い方できもいですね」

「なにかおかしくないかい淡雪君？」

ふぅ……なぜかいきなり怒濤《どとう》のツッコミをする羽目になってしまった……いや私のせいなんだけども。

「えっと、そっ、それじゃあみんなの場所の把握から始めようか！　まず発見した人は誰？」

シオンママが気を取り直して場を仕切り始める。とりあえずゲームが進行しそうなのはよかった……。

「にゃにゃ！　ネコマだぞ！　マップ下のセクター８で死んでたぞ！」

セクター8か……となるとやっぱり開幕してすぐにマップの下方面に向かった参加者が人狼の可能性が高いのかな。

「OK、じゃあ下の方面に向かった人は誰がいるかな？」

シオンママも同じ結論に至り、候補を絞っていく。

確認したところ候補として挙がったのは、ましろん、エーライちゃん、還ちゃん、そして報告をしたネコマ先輩の4人だった。

マップ下での目撃証言が挙がっているため、このメンツを警戒した方がいい度合いはかなり高そうだ。王道ならこのうちの誰かが停電中に殺ったか。

「ちょっと待つのですよ～」

一旦警戒すべき候補を特定したと思ったところで、その候補のうちの1人のエーライちゃんが声をあげた。

「停電中に移動する、もしくはテレポートで上に向かう時間は十分にあったのですよ！上方面に向かった方たちの行動も報告するべきなのですよ～！」

……ふむっ、確かにそれはあるな。流石緩やかな口調に反して意外と切れ者のエーライちゃん、冷静だ。ここで下でも上でも両方での目撃証言が挙がる参加者が出れば、それも当然警戒に値する。

エーライちゃんの発言に文句を付ける人はおらず、最初にシオンママから報告し始める。

「私と聖はセクター3に向かってたよ！　えへへ、付いていきたくなっちゃって」

「奇遇だね、聖様もシオンに付いていこうとしてたんだ」

「え、そうなの⁉　えへへ、同じこと考えてたんだね」

「まぁ当然さ、大好きな人のことだからね」

「「えへへへへへへ」」

あー……吊《つ》るか。

「みんな聞いてくれ、完璧な推理が出来た。こいつら彼女持ちだから人狼だわ」

「にゃにゃ！　流石シュワちゃん！　ネコマも一切の反論ができない完璧な推理だぞ！」

「シュワちゃん先輩、良《い》い推理なのですよ～！　彼女持ちは狼《おおかみ》さんみたいなものですし、やはりここで2人は吊っておくべきなのですよ～！」

「や、やめてみんな！　投票しないで！　イチャイチャしてたのは謝るから！　少なくとも私は人狼じゃないから！　みんなのママだから！」

「やーい嫉妬してやんの～」

二期生のウキョ田《た》ゲス男《お》くんが何か言ってるけど、これ以上言っても悔しくなるだけだから無視しよう。

聖
淡雪
・・・・・・

「えーっと、次は光だね！　光はシュワちゃんと有素ちゃんと一緒にセクター1に向かってたよ！」

「うんうん、停電が復旧した後もこの3人で固まってた」

「淡雪殿を守るために背後を警護していたのであります！」

終始固まっていたはずだからこの中に人狼《じんろう》が居る可能性は低いと思うんだけど……。

「えへへ、光が先頭で仲良く並んで歩いてて楽しかったね！　えっと、なんだっけな、運動会のアレみたいな感じ！　えーっと、ムカデ……ムカデ……そう！　ムカデ人間！」

『ムカデ人間⁉』

光ちゃんの衝撃的な発言に再び場がざわつきだす！

「ん？　どうしたの皆？」

「ひ、光君？　君たちは3人でムカデ人間をやっていたのかい？」

「そうですよ聖様！　光とシュワちゃんと有素ちゃんの3人で仲良く連結して歩いてました！」

「それは仲良しにもほどがあるんじゃないかい？」

「はい？　そうですかね？　よく学校の運動会とかでやりませんでしたかムカデ人間？」

「ふむ、光君が通っていた学校には催眠能力者が居る可能性が限りなく高いね。やけに前髪が長くて目が隠れているやつとかいなかったかい？」

「ふっふっふっ、やりますね聖様！　光が催眠術すら使えることに気づいてしまうとは！」

「光君……君の正体は催眠能力を悪用して運動会でムカデ人間を開催するとんでもないド畜生だったんだね、弟子にしてください」

「聖様にも今度その身に披露してあげますよ！」

「ヤバイ、欲を出したせいで敵対してしまった。国外逃亡の準備だ、コントラバスケースを用意しなければ」

「光すごいんですよ！　クラスの誰も光のトランプカードマジックを見破れなかったんですから！」

「……ねぇ諸君、これって勘違いした聖様が悪いと思う？」

光ちゃんに聞いても無駄だということを察したのか、今度はシオンママが私と有素ちゃんに詰め寄ってきた。

「2人とも？　何か言うことはあるかな？」

「私は淡雪殿と繋《つな》がれるのならムカデでも一向にかまわないのであります」

「私と繫がることに関してだけは異様な万能性を見せるよね有素ちゃん、ＵＳＢかよ。私は流石にムカデは勘弁してほしいな」

なぜだ？　なぜ私は固まって行動するというこのゲームの正攻法をやっただけなのにこんなに冷たい目で見られなければいけないんだ⁉

「あ、光間違えた！　ムカデ人間じゃなくてムカデ競走だった！　ムカデ人間ってなんだよって話だよね、ごめんなさい！」

『…………』

そんなことある？　っておそらく全員思ったんだろうけど、あの光ちゃんなら本当なんだろうということで誰も何も言えなかった……。

ムカデ人間が気になった人がいても、調べるのは心臓が強い人だけにしておこうね……。

その後も議論は続いたのだが、初の議論かつ暗闇の中の犯行ということで人狼の特定までには至らなかった。

「あ、やばい！　時間がもうない！」

シオンママの焦《あせ》った声で時間のことを思い出し、確認するともう議論の時間は15秒しか残されていなかった。

「これで上方面も大丈夫だよね⁉　みんな報告したね⁉」

「大丈夫なのですよ〜！　ご報告ありがとうなのですよ！」

うん、とりあえずこれで全員の報告が済んだようだ。上方面には怪しい行動をした疑いのあるプレイヤーはいなかったけど……。

このゲーム、人狼役が2人いるってところがいやらしいんだよなぁ。この話し合いの中でも巧妙なコンビプレーがあったのかもしれないと考えると、全てを鵜呑《うの》みにするのは危険だ。

「とりあえず下方面に向かった4人を警戒するってことでまた！」

早口でなにを言っているのかギリギリ聞き取れるくらいのシオンママの言葉を最後に議論パートは終了となった。吊られた参加者はなし。

再びゲームが操作可能な状態に戻る。まだ謎な点が多すぎるから、とりあえずはシオンママの出した結論に従って動こうか……。

：面白くなってきた
：ハレルンを最初に殺《や》ったのはデカい
：なおハレルンは現在大絶叫台パンしてる模様
：なんだこの悲しい展開
：とうとう犯人の呪いの藁《わら》人形作り始めてたぞ、藁がないから毛糸でだけど
：それはもう呪い関係なしのただのお人形なのでは……？

一回目の議論パートからしばらく経《た》ったのだが、今のところ穏やかにゲームは進行していた。

途中人狼側からの妨害で何度か孤立するメンバーが出るシーンもあったが、基本的には私、光ちゃん、有素ちゃんの3人で変わらず固まって行動し、未《いま》だにこのチームに死者は出ていない。

脱出ゲージも調子よく溜《た》まっており、これなら全滅前にゲージが溜まって勝っちゃうんじゃないか？　そう思ったとき、再び画面表示されるは『緊急議論』の赤い文字。

画面が切り替わり、再び話し合いが始まる。

今回の被害者は――


【山谷還《やまたに》・死亡】【昼寝《ひるね》ネコマ・死亡】

この2人だ――。
「これは……一気にやられたね」

一回目の議論の時に比べ、ましろんの声にも緊迫感がある。

私たちから見ると穏やかそうに思えていたゲームプレイの裏では、知らないうちに２人も殺されていたのだ、ゲームだと分かっていても背筋がぞっとしてしまう。

「……もうこんなところに居られるか！　聖様は逃げるぞ！」

「僕も気持ちは分からなくはないですけど、露骨なフラグ立てるのやめてもらっていいですか聖様？」

「うるさい！　さぁシオン、一緒に国外へ逃げよう！」

「聖……えへへ、なんかそれって新婚旅行みたいだね！　でも、この状況でどうやって？」

「それは勿論《もちろん》――コントラバスケースさ！」

「スーパーエコノミークラスだね！　でも聖と一緒なら悪くないかも！」

「聖様はコントラバスケース以外の移動手段を知らないんですか？　ちゃんとお金払って行ってください。あとシオン先輩、色ボケするのやめてもらっていいですか？　減ってきたとはいえこの人数を僕１人で捌《さば》くのは無理があるんですよ」

全くこのカップルコンビは……ましろんに苦労を掛けて困ったやつらだぜ。

仕方ない、このシュワちゃんがましろんのツッコミに加勢してやるかな。

「ねぇねぇましろん」

「うん？　どうしたのシュワちゃん？」

「私もあの2人に負けたくなくてヴァイオリンケースポチっちゃった。今度一緒に入って沖ノ鳥島行こうね」

「バカなの？　ヴァイオリンって楽器見たことある？　あれを収納するケースに人が入るわけないでしょ。あと行き先もっとなんかなかったの？」

「ねぇねぇ淡雪殿」

「うん？　なぁに有素ちゃん」

「私も淡雪殿に喜んでほしくて、ゴンちゃんをポチっちゃったのであります！」

「おい」

「なんでありますかましろ殿？」

「有素ちゃん、世の中には多数のゴンちゃんがいると思うけど、この会話の流れで出てくるゴンちゃんはまずいんじゃないの？　どこに出品されてたのそれ？」

「メ○カリであります」

「思った以上に表のラインで売られててびっくりだよ。もしかして僕の想像してるゴンちゃんと違うゴンちゃんなのかな？」

「レバノンから発送と書いてあったのであります！」

「決定打じゃん。十中八九僕が想像してるゴンちゃんだよそれ。明日の新聞の一面はおかえりゴンちゃんに決定だよ。ほら、シュワちゃんも黙ってないでこの困った後輩に何か言ってよ」

「〇〇〇・〇〇〇」

「ダメダメダメダメ全部ダメ！　なんでそのまま言ったの!?　アウトだよ！　あー僕もうむり、ツッコミリタイア……」

ふっ、我ながら華麗なツッコミだった、華麗過ぎてツッコミ過ぎたことを言ったかもしれない。

「大丈夫ましろちゃん？　疲れちゃった？」

「あぁ光ちゃん……今の僕にとっては君だけが救いだよ」

「おお！　そんなこと言われたら光も頑張っちゃうぞ！　任せてましろちゃん、ここからは光がツッコミを引き受けるよ！」

「本当？　いいの？」

「ふっふっふ！　この光に全てお任せあれ！　ましろんも絶句のツッコミを見せちゃうよ！」

「ありがとう光ちゃん……それじゃあシオン先輩の代わりにここからは僕が場を仕切っていくね？　それじゃあみんな、議論に戻るよ」

「なんでやねん！」

「　　」

「どうよましろちゃん！　今のツッコミ完璧だったでしょ？　あれ？　ましろちゃん？　おーい！」

ましろんが本格的にノックダウンしたところで、流石《さすが》にやばいと思ったのか色ボケからシオンママが帰ってきた。

「あ～こほん！　みんなしっかりして！　まだ人狼《じんろう》２人が生きていることは確定している。そろそろ特定への行動を起こさないと負けちゃうよ！　だれか吊《つ》らないと！」

「確かにそうでありますな、淡雪殿へ勝利をお届けしなければ……とりあえず私と淡雪殿と光殿は固まっていたので人狼が入り込む余地はなかったと思うのであります。最初も上に向かっていたので、この３人はシロで進行してもいいと思うのであります」

「ふむふむ……そう考えると、今回殺害されたメンバーは２人とも開幕してすぐにマップ下に行っていたんだよね」

「はいはいはいはい！　私はエーライちゃんが怪しいと思います！」

状況を纏《まと》めているシオンママに、大きな声をあげて個人的に一番怪しいと思った人物の名前を主張する。

開幕してすぐの行動や議論中に見せた警戒すべき候補をバラつかせるような言動、今考えると怪しいとしか言いようがない。

「んーそれはどうかなぁ……」

「どうしてですかシオンママ⁉　この中だと一番怪しいでしょ⁉」

「それがね、実は私と聖も警戒して見張ってたんだけど、怪しい行動はなかったんだよねぇ。むしろ協力的だったくらい」

「ほ、本当ですか？」

「うん、それは聖様も思ったよ。じっくり視姦《しかん》してたけど変な点はなかったと思う、全身いやらしくはあったけど」

「カップル組の先輩の言う通りなのですよ～！　私が最初の議論の時にマップ上の人に対しても警戒を促したのは、本当に特定が甘いと思ったからなのですよ！　私はプレイヤーなのですよ～！」

「うーん……エーライちゃんは完璧にシロとは言い難《がた》いけど、今即吊りするほどではないとシオンママも思うかな」

う……これはこれ以上追及しても無駄かな……いい線いったと思うんだけどなぁ……。

あれ？　でも、エーライちゃん以外で怪しい人となると残っているのは……。

「——もしかして、ましろん？」

これしか選択肢ないんじゃ……。

「いや待った、確かにこの状況で疑われるのは分かるよ。でも違う、僕は本当に違う。僕はエーライちゃんが人狼とみてネコマ先輩か還ちゃんと行動してたんだけど、強制ミニゲームとかドアの閉鎖とかで分断されて、気が付いたら1人になっていたんだよ」

「うーん……愛《いと》しのましろんの言うことだから信じてあげたいけど、これは流石に……」

「本当なんだよシュワちゃん！　そもそも、カップル組だって開幕してすぐに晴先輩を殺るのは十分すぎる程可能だったはず。そういえばさっきちらっとシオン先輩とエーライちゃんは見たけど、聖様はいませんでしたよね？　なにしてたんですか？」

「隣の部屋のミニゲームをやっていたんだよ。ゲージ満タンにして勝てそうな気配があったからね」

「確かにそんなシーンもあったけど、すぐに聖は合流してたよ！　聖はプレイヤーだと思う！」

「そうなのですよ！　更に言うと、2人が人狼なら一緒に行動していた私はもうとっくに死んでいるはずなのですよ！　ここでましろ先輩は吊るべき！　怪しすぎるのですよ～！」

「……そんなの、エーライちゃんとカップル組のどちらかが人狼の可能性もあるし……」

反論するましろんの声がどんどん小さくなっていく。

これは……最初に吊られるのはましろんで決定かな。かわいそうだがそういうルールのゲームだ。

そう思い、投票のボタンに手をかけようとした、その時だった。

「むぅ……光は段々何がなんだか分からなくなってきたかも……ねぇ、ちゃみちゃんはどう思う？」

今まで静かに話を聞いていた光ちゃんがそう言ったとき、この空間の時間が数秒ピタッと止まった。

ちゃみ……ちゃん……？

::!?

::これは……？

::流れ変わったな

::一方、ハレルンはせっせと編み物をしているのであった……監禁人狼は一部の他の人狼ゲームと違ってプレイヤーは死んだ後やることないからな……人狼側は死んだ後も妨害できるんだがなぁ……

「な⁉　え、なぜ⁉　ステルスモードの私が見破られた⁉」

数秒無言だった空間に、この企画が始まって自己紹介したとき以来のちゃみちゃんの声が響く。

そう、自己紹介以来なのだ。記憶をどれだけ探ってもこの第一回戦中にちゃみちゃんが喋《しゃべ》ったシーンが一度も見当たらない。

ちゃみちゃんは完全に姿を消していたのだ……でもなぜ？　なぜちゃみちゃんは発言しなかった？　そしてなぜ私たちはそのことに気が付かなかった？

「どうしたのちゃみちゃん？　そんなに慌てて？」

「ひ、光ちゃん……いつから……私が見えていたの？」

「ん？　勿論最初からだよ！　ちゃみちゃん口下手だから人いっぱいの場所で大丈夫かなーってずっと心配してたんだけど、あまりにも喋らないから光が助け舟を出したってわけさ！　ふふん！」

「最初から……ですって……」

ステルスモード
ちゃみ

唖然《あぜん》といった様子のちゃみちゃん。いや、ちゃみちゃんだけではない、光ちゃん以外の全員が驚きを隠せないでいる。

この状況は……一回目の議論の時、あの時から光ちゃん以外の全員がちゃみちゃんの存在を認識できていなかったということだ。

それはつまり——今までの推理が根底からひっくり返るに十分足る事象だった。

「だ、誰か⁉　ちゃみちゃんの姿を見た人は⁉　今じゃなくてもどのタイミングでもいいから、ちゃみちゃんの動向が分かる人⁉」

シオンママが慌てて声をあげる。だがそれに反応する人はいない。

そんなことがありえるのか？　声を聞いていないだけならまだしも姿すら見た人がいないなんてことがこのゲームで……。

「じゃ、じゃあ光ちゃんは⁉」

「んー……ゲーム開始直後にどっかに行ったのは見た気がするけど、その後は光も分からないですね……」

「そんな……一体何が起こって……」

存在に気が付いていた光ちゃんですらゲーム開始直後以降は見ていない——だと——

「はっ！」

その時、私はちゃみちゃんのある特技について思い出した。

ちゃみちゃんは誰もが認める人見知りである。できる限り慣れない人との対面は避けたい、そのあまりに強い思いがちゃみちゃんに超能力じみたある才能を開花させた。

最初にその力の片鱗《へんりん》をみせたのは私と遊園地に行ったとき。あの時、陽キャ感のある人に対してちゃみちゃんは異常なほど敏感に反応し、器用に避けて行動していた。

そしてその力を本人が自覚したのは、ある日の配信でやったホラゲプレイの時だった。

私もアーカイブを見たのだが、リスナー間ではポンコツ絶叫プレイ確実と思われていた中、初見プレイとは思えない速度でサクサクと、敵にほぼ会うことなくゲームを進めていったのだ。

リスナーは勿論《もちろん》本人すら何が起こっているのか戸惑っていたのだが、やがて気が付いた。

ちゃみちゃんは余りにも人見知りをこじらせた結果、感覚を極限まで研ぎ澄ますことで現実世界、そしてゲームの中ですら人間の位置を知覚することができるようになったのだと！

そして監禁人狼をプレイしているこの状況……もしかしてちゃみちゃんはその能力を使って、チームを組むどころか誰にも会わずにゲームを進めていたんじゃないのか？

可能性は十分にある、急いで以上の情報をみんなに簡潔に説明した。

「え、そんな悲しい能力あるかい？　聖様ちょっと泣きそうなんだけど」

「ちゃみちゃんかっけぇ‼　光もその能力欲しい！」

「光ちゃんは一番無理じゃないかな……」

「えぇぇ⁉　なんでですかシオン先輩⁉」

「ほら、陽と陰は常に相容《あいい》れないものだから……」

「お前ら人間じゃねぇであります！」

　みんな思い思いの声をあげているなか、黙っていたましろんが突然笑い出した。

「ふふふふふっ」

「どうしたのましろん？　おしっこ漏れた？」

「なんでそういう考えに至っちゃったのシュワちゃん？　雰囲気台無しなんだけど」

「だって事あるごとに私にズッコンバッコンするあのましろんが、ちゃみちゃんの驚愕《きょうがく》の秘密が暴かれたのにツッコミしないから……」

「僕がツッコミを入れてないときはずっとおしっこ漏らしてると思ってたの？　それ常にシュワちゃんが傍《そば》にいないと大変なことになってるよ僕」

「それって……プロポーズされたい感じ？　ましろんのパンツは一生私が守るよって言ってほしいの？」

「そんなプロポーズされたら驚きで本当に漏らしかねないよ」

「はぁ、はぁ、はぁ、はぁ！」

「あとシオン先輩、露骨に鼻息荒くなるのやめてもらっていいですか？　漏らしませんから」

「ちぇ、あのお堅いましろちゃんが幼児退行してくれたと思ったのに」

「はいはい、そろそろ進めますよ。まず、光ちゃんとシュワちゃんにはナイスと言いたいね、おかげで推理が整ったよ。それじゃあちゃみちゃん、お話しよっか？」

「ひぃ⁉」

ましろんはそう言うと、ちゃみちゃんへの容赦のない問い詰めを開始した。

未だましろんへの人狼《じんろう》疑惑が晴れたわけではないが、今はみんなちゃみちゃんの動きが気になるため、その様子を黙って見守る。

「なんで頑《かたく》なに黙ってたのかな？　それにさっき言ってたステルスモードって？」

「……ほら！　私、大人数だとなにも言えなくなっちゃうから！　話すタイミングとか被《かぶ》ったりすると気まずいし……」

「なるほど、じゃあ1対1で最初から聞こうかな。開幕後はどう動いたの？」

「せ、セクター6に向かって、そこから上に向かったわ」

「誰か一緒にいた？」

「……誰も」

「なるほど、セクター6から上に向かったということは聖様とシオン先輩のいたセクター3に行ったわけだよね？　2人と合流しなかったの？」

「あっ……えっと、先輩方がセクター3のミニゲームを進めているわけだから、他のセクターに行った方がいいかと思ってセクター間の通路で迷っていたのよ！」

「1人《ひとり》で？」

「え、ええそうよ？」

「まずそこが怪しいな」

「な、なんでぇ⁉」

狼狽《うろた》える様子を明らかに隠し切れないいちゃみちゃんと違って、ましろんは常に冷静に逃げ道を塞いでいく。

「このゲームで個人で行動するということは人狼に狙われる、または人狼だと疑われるということに繋《つな》がる。もしプレイヤーでその状況なら一旦合流するのが普通じゃないかな？　少なくとも避けるのは怪しすぎる。人見知りとは言っても、このゲームは議論パート以外は喋る必要はないから、会うのすら避けるということは……姿を見せられない理由でもあったのかな？」

「あ、甘いわよましろちゃん！　私の人見知りを甘く見ないことね！　会話がないとはいえ姿を見られるのすら恐ろしいものなのよ！」

「ふぅん……まぁいいや、それじゃあさっきまでは何してたの？」

「……セクター1の辺りに居たわ」

「そこに行くまでのルートは？」

「えっと……確かセクター8から5、4、1と移動したわ」

「へぇ……今回死体を見つけて通報したのは僕なんだよ。一緒に行動していたネコマ先輩と分断されて、急いで合流しようと思ったらその時には死体だった。その死体があったのはセクター4だったはずなんだけど、そこを通ったのならなんで通報しなかったのかな？　停電はしばらくなかったと思うけど、死体見つけられなかった？」

「す、ストップなのですよ～！」

ちゃみちゃんが人狼である疑惑がいよいよ確証に変わるかといったところで、突如エーライちゃんが入り込み会話を中断した。

「ちゃみ先輩の言うことを全て信じるのはやめた方がいいのですよ～！」

「それはなぜ？」

突然の出来事だったが、それでもましろんの毅然《きぜん》とした態度は崩れない。

「ちゃみ先輩はポンコツだからですよ～‼」

「エーライちゃん⁉」

後輩からのまさかの一言に、ちゃみちゃんの口からショックと驚きが混じった声がでる。

でも不思議とちゃみちゃん以外の参加者は驚かなかった。だってその通りだから……。

「なるほどエーライちゃん、流石《さすが》鋭いね、確かにちゃみちゃんはポンコツだ」

「ましろちゃんまでポンコツって言うのね……」

ちゃみちゃんが段々いじけていくが、その裏で今度はましろんとエーライちゃんの話し合いが勃発する。

「そもそもですよ！　ちゃみ先輩が人狼だとしても、こんなに長くバレずにいられるわけないと私は思うのですよ～！　絶対どこかでボロが出ているはずなのですよ！」

「うんうん、分かる、その考えはよく分かるよエーライちゃん」

「それなら」

「だとしたら、ちゃみちゃんがバレずに暗殺に集中できるように、最初から今に至るまで手厚くサポートしていた仲間がいるはずだよね？」

「…………」

「ね？　エーライちゃん？」

これは……もしかしてエーライちゃん、おケツを掘ったか……？

間違えた、墓穴を掘ったか？

「エーライちゃん、そういえば一回目の議論の最後にシオンママがこれで全員場所を報告したか聞いた時、ちゃみちゃんが報告してないはずなのに真っ先に肯定してたよね？　あれ、ちゃみちゃんを隠したんじゃないかな？」

「そんなわけないのですよ！　あれは本当に気づいていなかっただけで……というか、ましろ先輩だって気づいていなかったじゃないですか！　それに、さっきからいかにも自分はプレイヤー側みたいに言ってますけど、私は未《いま》だに死体発見者なうえに誰かを率先して吊《つ》ろうとしてるましろ先輩が一番怪しいと思うのですよ！」

「でもさっきちゃみちゃんは死体をスルーしたみたいだよ？」

「そんなのその時はまだ死体はなくて、ついさっきネコマ先輩を殺したましろ先輩が、人数を減らすために自分で通報した可能性だって大いにあるのですよ！」

「そ、そうよ！　私がセクター4に行ったときは死体なんてなかったわ！」

エーライちゃんの反撃に便乗するちゃみちゃん、ふむ……。

「それに私も事実シオン先輩や聖様と行動をずっと共にしていたわけで、私がもし人狼ならそんな真似《まね》しないのですよ〜！　ねぇ二期生の先輩方⁉」

「……どう思う、シオン？」

「うーん……確かにエーライちゃんは怪しいけど、やっぱりそれらしい挙動はなかったような気がするんだよねぇ」

お？　まさかの逆転あるか？

「なるほどね。本当に頭いいね、エーライちゃん」

「この僕っ娘《こ》先輩はまだそんなこと言ってからにぃ！　往生際《おうじょうぎわ》が悪いのですよ！」

「でもその頭の良さで疑惑が確信に変わったよ、やっぱりエーライちゃんは人狼だ」

そうとも一瞬思えた場面だったが——ましろんはこの状況で勝ちを断言した。

「まず、一番初めに殺《や》られた晴先輩だけど、これはエーライちゃんが殺った可能性が限りなく高い」

「な、なぜなのですよ⁉」

「晴先輩はまず間違いなくこのゲームに強い。ちゃみちゃんがどれだけ喋《しゃべ》らなくても恐らく見抜かれる。ちゃみちゃん1人ならこれに気づかずあっけなく殺られていたはずだ。だから疑われてもいい覚悟で強引に一番の危険分子を排除した。問題はその後、流石にちゃみちゃんにここまでの才能があることはエーライちゃんも知らなかったと思うから、せめて気づかれないように妨害しながら喋る側と徹底的に殺す側に完璧に分かれた。晴先輩を殺って強く疑われている時点で怪しい行動をとるのは危険であり、ちゃみちゃん1人になれば勝ち目はなくなる。だって人数が減れば減るほど議論パートでちゃみちゃんが気づかれる可能性も高くなるからね」

「ましろ先輩、流石に深読みしすぎなのですよ……私そんなに頭回らないのですよ……」

「そう？　だってこの状況、もしちゃみちゃんの存在に気づかずに僕が吊られてたら、ある程度分断したところで、詰めとばかりにエーライちゃんがキルに参加。ちゃみちゃんと合流してダブルキルを二回で勝ちだったじゃん。まぁ光ちゃんを甘く見たせいで今ピンチみたいだけど」

「ふふん！」

光ちゃんがドヤっとした声をあげる。やっぱり光ちゃんは天然だけど同時に特異な才能があるよね。

「まぁつまり僕がなにを言いたいのかと言うと、このゲーム――エーライちゃんによる全力ちゃみちゃん介護プレイだったたってことなんだよ！」

『全力ちゃみちゃん介護プレイ⁉』

「――ふふふふっ、その私は今全力羞恥プレイを味わっているわよ？　ましろちゃん、後でお仕置きだから覚悟しておきなさい」

「え、僕なにされるの？」

「今度会ったとき常時私の耳元で喋ってもらうわ‼　中性的ボーイッシュボイスたまんねえぇぇぇぅひひひひうぴょぴょぴょ‼」

「たまれ」

「ねぇねぇちゃみちゃん！　私は？」

「酒カス女の臭そうな脳死ふにゃふにゃボイスたまんねぇえええぇぇ‼」

「ましろん、この耳に性器が付いてる女吊るわ」

「落ち着いてシュワちゃん、多分今のはちゃみちゃんなりの褒め言葉だよ。ちょっと正直すぎただけで」

「むぅ！　私の息臭くないもん！　ラベンダーの香り！」

「それトイレの匂いでもあるよ」

「間違えた、じゃあスト○○の香り！」

「おとなしくレモンの香りとか言えばいいのになんで加工した……いや実際今はスト○○の香りなのかもしれないけど……ってあれ？　今日は何味飲んでるっけ？」

「全部混ぜたど？」

「絶対臭いじゃん」

「く、臭くないわい！　これ実質フルーツオレみたいなところあるからね？　実際の味は本当にフルーツコレ？　って言いたくなったけど！」

「やかましいわ」

「それにねそれにね、ちゃんと口臭対策もばっちりなんだよ！　私主食がフリスクみたいなところあるからね？　お茶碗《ちゃわん》いっぱいに白米に見せかけてフリスクよそってから食べてるからね私」

「どこからよそってるのそれ？」

「ツッコミどころそこなの？」

本当にちゃんと匂い関連は気を遣ってるからね⁉　これでも若々しい女の子だからね⁉

「って時間やべぇ⁉」

ましろんとの会話が楽しいからってこんなことやってる場合じゃない、もう議論の残り時間ギリギリだ！

「よし、ここで１人は吊るべきでしょ。せめてちゃみちゃんかエーライちゃんのどちらかは絶対。それで終わらなかったら容赦なく僕を吊ってもいいよ、なんならどちらか吊った後でもいい。絶対にそれで勝てると確信してるから。今一番ダメなのはちゃみちゃんとエーライちゃんを両方生かすこと」

『…………』

その言葉を最後にましろんはちゃみちゃんに投票する。

……うん、私も決まった。

いざ投票ボタンを押す。入れたのは——ちゃみちゃんだ。

「そんなあああぁぁぁ……」

悲痛な声と共に画面に表示される【柳瀬《やながせ》ちゃみ・死亡】の文字。他の参加者の投票もちゃみちゃんに集中していた。限りなくクロに近いほど怪しかったからこれは仕方ないな……。

議論は終わり、キャラクターの操作がセクター5から開始される。

でもこれ……ほぼ勝負はついたんじゃないかな？　だってもう1人の人狼《じんろう》、エーライちゃんでしょ。

ましろんの推理もあるし、やはりあそこでちゃみちゃんを庇《かば》ったのはまずかった。仲間ですと自白しているようなものだ。

エーライちゃんが生き残るには、あのシーンでちゃみちゃんを完全に切るべきだった。非情かもしれないが、騙《だま》すことが勝ちにつながるゲームなのだ。

今後、恐らくエーライちゃんは徹底マークされるだろう。いや、議論が終わったばかりだからルール上クールタイムを挟んでいるが、押せるようになったらすぐに招集ボタンを押して吊るべきか？

操作が可能になるまでそんなことを考えていた――その時だった。

いざ動けるようになったその瞬間、エーライちゃんは何の迷いもなくましろんの傍へと走っていき。

そして生存者みんながいる目の前で――殺害した。

【彩《いろどり》ましろ・死亡】

「え――――――!?!?」

誰が通報ボタンを押したのか分からないが画面が議論パートに再び移行する。

「ぅうぅうぅう‼　ちゃみ先輩のがだぎいいいいぃぃぃ‼」

『え――――――!?!?』

な、泣いてる――――!?!?

「ふはははっ！　ちゃみ先輩！　やったぞ！　仇《かたき》のタマ取ってやったぞ！」

こ、これは間違いない！　今のエーライちゃんは園長じゃなく組長だ！　でもなぜこのタイミング⁉

「えええええエーライちゃん⁉　どうしちゃったの⁉　ちゃみちゃんとそんなに仲良かったっけ⁉」

未《いま》だ動揺の真っただ中であるシオンママだったが、司会の意地で組長に問いかける。

「ちゃみ先輩との交流はこれが初めてや、そもそもちゃみ先輩はコラボ自体少ない。でもなぁ、そんなのかんけぇねぇんだよ！　どんな経緯だろうと一度盃《さかずき》を交わしたら兄弟なんだよ！　共に戦った家族なんだよ‼　うわあああああぁぁぁ‼‼」

この女、義理人情に厚すぎる。これが組長の器か。

「おおお落ち着いてくだせぇ組長！　あんたが鉄砲玉やってどうすんすか⁉　あんたは栄《えい》来《らい》組の組長なんですよ⁉」

「いや組長ですらないから、園長さんだからね？　あとなんで場への適応がそんなに早いのシュワちゃん？」

「シオンママ、私はエーライちゃんの裏の顔（組長）が初めて世に出たときにすぐ隣にいたんですよ。だからちょっと慣れてるんです」

ホラゲを一緒にやった時を思い出す。今思えばあの時に私が受けた衝撃は、あわがシュワになった時にみんなが受けた衝撃と似たようなものだったのかもしれないな。

「ちゃみ先輩はなぁ、いい奴《やつ》だったんだよ……おバカだけど！」

『おバカだけど』

多分今天国でちゃみちゃんも色んな感情の下泣いてるぞ。

でもようやくあの時ちゃみちゃんを庇った理由が分かってきた。一見頭が回るエーライちゃんなら見捨てるのが普通と思ってしまうが、これ多分仲間思いすぎて見捨てるという発想すらなかったんだな……。

「エーライちゃんかっけぇ！　光一生付いていきます！」

「やはりエーライ殿の仲間思いっぷりは見事なものでありますな、同期として誇らしいのであります！」

ほら、こんな絶望的状況で2人もカリスマにやられて寝返ろうとしてるからね？

誰だよこいつを園長って言った奴は出て来いよ！　そういうゲームじゃねぇからこれ！

「……あ、よく考えたらちゃみ先輩は投票で殺られたわけだから、仇はましろ先輩だけじゃないんか？」

あ、やべっ。

「てめぇら全員このドスで○を○○いて○○○○引きずり出してそれで○○○してやる

から覚悟しろやオラアアアァァァ‼」

「やべーぞ！　ライブオンだ！」

「そんなレ〇ジ君みたいなこと言わないでくださいよ聖様。ほら、光ちゃんと有素ちゃんもゲームに帰ってきて！」

「心配いりませんよ淡雪殿。私は淡雪殿の為《ため》なら喜んで鉄砲玉にだってなるのであります」

「ちょっと影響残っちゃってんじゃねーか」

「くっ！　エーライちゃんはかっこいいけど、ましろちゃんが殺《や》られたのは同期として見逃せないよね、光はしょうきにもどった！」

「それ本当に戻ってる？　某竜騎士みたいにまた裏切ったりしない？　ま、まぁいっか、これだけいれば負けないいし」

忘れそうになったが今は監獄人狼の議論パートだ。人狼が完璧に特定できた以上、吊《つ》らなくてはならない。

エーライちゃん、お覚悟！

「お？　５対１とは悪くない襲撃だな。でもまずはどこのシマのもんかくらい名乗らんかいゴラアァァ！」

「いや、シマはエーライ君と一緒なんだけど……」

「内部抗争でありますな！　次期組長の座は淡雪殿のものなのであります！」

「いらないです」

「ふっ、ふっ、ふっ！　そうはいかないよシュワちゃん！　次期組長の座は光のものだよ！」

「ほら、案の定裏切ってるじゃん。血で血を洗う戦いが始まろうとしちゃってるじゃんか」

ま、まぁいいや、とりあえず勝ちが確定しているんだから第一回戦はこれで終わりにしますか！

「多勢に無勢とはこのことだが……私は諦めない！　ちゃみ先輩の無念、ここで晴らしてみせる！　くらえ必殺、ミッキー〇ウスのモノマネ！　ハハッ！　みんなを夢の国の地下送りに」

『うおおおおぉぉそれはやめろおおおおおおぉぉぉぉ‼‼』

【苑風《そのかぜ》エーライ・死亡】

【プレイヤーサイド・勝利】

最後にとんでもない自爆特攻を仕掛けてきたエーライちゃんに全員分の投票が集中し、人狼側の全滅によってプレイヤー側の勝利となった。

さ、流石《さすが》裏の世界を牛耳る組長、あの負け確状況から引き分けに持ち込もうとするとは……死《し》に際《ぎわ》まで油断ならねぇぜ……。

：お疲れ様！

：こんな人狼ゲーム初めて見た……というか最後は人狼ゲームですらなかった

：人狼ゲームを見ていると思ってたらいつの間にか任侠《にんきょう》映画になっていた

：組長ほんとすこ

：エーライ組長、舎弟ちゃみの仇を取るべく決死の特攻

：先輩とは……

：ハレルン、とうとうお人形完成でかたったーに画像上げる。そこに映っていたのは等身大の桐○一馬であった

：は？

：あらゆる予想を超えてくる女

：予想でハードル走するな

さて、ここからは途中殺られた人も合流して、次のゲーム開始までワイワイと感想会の時間だ。

謎だった部分の答え合わせとかもあって盛り上がるから、人狼ゲームはこの時間も楽しいんだよね！

『お疲れ様ー！』

みんな揃《そろ》っての労《ねぎら》いの言葉の後、真っ先に口を開いたのは開幕退場を決めた晴先輩だった。

「おいそこのボスさんよ、何か言うことはあるか？」

「ボスって誰のことですよ～？」

「お前じゃい！　あ、それとも組長って言った方がいいのかな？」

「そんなライバーはライブオンに居ないのですよ～」

「こんの～とぼけやがってぇ！　あまりにも躊躇《ちゅうちょ》なく殺しに来るから天才の私でも逃げることすら出来なかったんだから！」

「たまたま目に入ったから狙っただ～けで～すよ～」

「あ、そうだボス、等身大の桐○一馬人形いる？」

「誰を殺ればいい？　それとも金か？」

「ボスも化けの皮ぺらっぺらになってきたね、ただであげるよ……」

やはり最初に晴先輩を殺したのはエーライちゃんだったか。

それにしても流石は組長、一度殺ると決めた相手には容赦も迷いもなかったようだ。

「ちゃみちゃんが画面に映った時はまじで驚きすぎて声出たぞ……」

「還もおしっこ漏れるかと思いました。というより合法的に大勢の前で漏らして赤ちゃんになるチャンスだったのにとっさのことだったので我慢してしまったことを後悔しています」

続いて口を開いたのは第二被害者のネコマ先輩、還ちゃん。

この2人はちゃみちゃんに殺られたということは……ましろんの推理は全て正しかったってことか、すごいな……。

「ましろちゃんが大活躍の一戦だったね！」

「いや、僕だけじゃないですよシオン先輩。光ちゃんとシュワちゃんが居なかったら負けていたかもしれない」

「おお！　三期生のちゃみちゃんを同じ三期生の光ちゃんが独自の視点で気づき、シュワちゃんが知識を提供し、それを基にましろちゃんが推理した。つまりこれは、三期生の絆《きずな》の勝利と言ってもいいんじゃないかな⁉　みんな三期生に拍手！」

シオンママの一回戦まとめの言葉と共に、みんなから盛大な拍手が送られる。えへへ、なんだか照れくさいな……。

さて、拍手も止《や》み、そろそろ二回戦が始まるし、気合を入れ直そう、そう思った時だった。

「ね、ねぇエーライちゃん！」

あのいつもは大勢の前では縮こまってしまうちゃみちゃんが、大きな声で同じ人狼《じんろう》だったエーライちゃんの名前を呼んだ。

「ん？　どうしたのですよ？　あ、勝ちを届けることができなくてごめんなさいなのですよ……もっと冷静になれていればまだ戦えたかも……」

「う、ううん、それはいいの！　むしろね、あのね、すっごくかっこよかったわ！」

「そうですか？　それならよかったのですよ～」

「うん、だからね？　そのね？」

「はい？」

「今度……一緒に配信でもしない？」

「え？　それは、コラボのお誘いってことなのですよ？」

「そ、そうそう！　今度よかったら私の家に来てみないかしら？　ほら、ASMRとかエーライちゃんまだやったことないでしょ？　きっとリスナーさんも喜ぶわよ？　色々教えてあげるから、一緒にやってみない？」

――なんということだ。

あのちゃみちゃんが……ライブオン屈指の陰キャとも言われたちゃみちゃんが……自分から……こんな大勢の前で同期以外を……オフコラボに誘うなんて……ッ‼

声が震えながらも確かに言った！　勇気を振り絞った！　ちゃみちゃんが自分から人間関係の構築に一歩踏み出した！

「も、勿論《もちろん》やるのですよ～！　ちゃみ先輩とのコラボ、私すっごく楽しみなのですよ～‼」

「本当⁉　はぁ～よかったぁ～……じゃあ、また後でチャット送るわね」

「了解なのですよ！」

快く承諾してくれたエーライちゃん。やばい、なんだか目頭が熱くなってきた……。

他のみんなも心を打たれたのか、やがてこの人狼組の2人にも自然と拍手が沸き起こっていた。

あったけぇ……ライブオンはあったけぇよぉ……。

こういう珍しい組み合わせのやり取りとか、新しいコンビの誕生の瞬間とかが見られる

のも大型コラボの良《い》いところだよね！

：あれ、なんで俺泣いてんだろ……

：てぇてぇ

：全裸待機

：８８８８８

：￥８８８

ほっこりとしてた雰囲気も束《つか》の間《ま》、場面は切り替わりいよいよ二回戦を迎えていた。

私は一回戦と同じくプレイヤー側。人狼側に人数を減らされながらも順当に吊っていき、いよいよ残りが私、ネコマ先輩、還ちゃんとなった最後の議論パートのところで、残り1人の人狼が還ちゃんであることを特定することが出来た。

ちなみに晴先輩は一回戦のこともあり、開幕からある3人組に付いていって4人組の厳重警護フォーメーションが形成されたかと思われたのだが、そのうちの2人が人狼でダブルキル。またもや開幕脱落となった。どうして……。

「にゃにゃ！　とうとう追い詰めたぞ還ちゃん！」

「ふふっ、この還が窮地とは、流石はママとネコマ先輩です。ですが、勝ちを確信しているところ申し訳ないのですが、まだ終わっていませんよ」

「にゃにぃ⁉　どういうことだ⁉」

「ふっふっふっ、私のバックにはとある一大組織が付いているんですよ」

「一大組織だと？　ま、まさか還ちゃん、この監禁人狼という闇のゲームを主催している組織と繋《つな》がりが」

「P〇Aです」

「全然ゲーム関係ないけどガチな方で敵に回したらやばい組織名出してきやがったぞこいつ⁉　ライブオンの対義語だぞそれ！」

「はっはっは！　いいんですかネコマ先輩？　未来ある赤子を吊《つ》るなんてしたらP〇Aが黙っていませんよ？　お？　我のケツ持ちP〇Aぞ？　お？　お？」

「こ、こいつ⁉　なんて卑怯《ひきょう》な手を……ッ！　自らの立場を利用して権力にすがるその姿、ネコマは先輩として許しておけないぞ！　いいかよく聞け！　そっちがP〇Aならこっちは GTOだ！」

「GTO？　GTOって……まさか⁉」

「その通り！　グレート……あれ？　グレート……Tはえっと……あれ、なんだっけか？

シュワちゃん、GTOのT分かるか？」

「ちんちんですよ」

「そうそう！　グレート・ちんちん！　……え、これに繋がるOってなんだ？　シュワちゃん、Oも分かるか？」

「おちんちんですよ」

「それだ！　いいか還ちゃん！　このネコマはグレート・ちんちん・おちんちん、略してGTOなんだぞ！」

「ぇ……この人怖い！　ママ助けて！」

「全世界のGTOに土下座してきてください。見損ないましたよネコマ先輩」

「こんな理不尽なことあるか？　とりあえず後でシュワちゃんは笑ってはいけないラストスベリオンの刑だからな」

「なんですかそれ？　ゲームですか？」

「還も気になります」

「本当に一切笑わずに最後までいけちゃいそうなゲームだぞ」

「「ぇ」」

　そんなこんなで還ちゃんは吊られ、二回戦もプレイヤー側の勝ちとなった。次の三回戦目が最終ゲームとなる。

そして迎えた三回戦——

【朝霧晴・心音《こころね》淡雪——人狼サイド】

「勝ったな」

開幕画面に表示された文字を見て、思わずそう呟《つぶや》いたのだった。

：お天気組じゃん！

：天災組の間違いでしょ

：勝ったな（敗北宣言）

：絶対ハプニングが起こることだけは分かる

：とうとうハレルンが人狼側に……どうなる？

「あー。晴先輩が味方とかイージーゲーム過ぎてごめんなさいだわー。もうね、こんな状況で負けたら木の下に埋めてもらって構わないっすわ！　はっはっは！」

：録音した
：口から無限にフラグ（旗）吐き出すマジックとかやってます？
：埋めると聞いてショベルカー持ってきたどー
：殺意が高すぎる
：埋めると聞いて今しかないと思い生まれて初めて履歴書買ってきました
：タイミングは謎だけどえらい
：**今年40で愛称は親のすねかじりムシです。まぁ私が本当にかじりたいのは若い娘のおしりなんですがね、デュフフ！　¥4545**
：ごめんやっぱタイミングばっちりだったな、一緒に埋めてやるよ
：成虫になったおしりかじり虫やめろ
：これが完全変態ってやつですか？
：スパチャしてるの草
：親のすねで４５４５するな
：草過ぎる

　んーどうしよっかなぁ。晴先輩が仲間な以上露骨にやらかさなければどう動いてもいい気がするけど……。

うん、最初だしとりあえず晴先輩の後ろについていけばいっか！　先輩がどう動くつもりなのかも気になるし。

「もうね、一、二回戦は無力なプレイヤー側だったからなすすべもなくやられたこともあったけど、天才の名をほしいままにしている晴先輩が狩る側に回ったらそれはもう人狼じゃなくて無双ゲーなんすわ！　人狼無双本日発売ってことなんすわ！　そんな晴先輩とタッグで負けたらもう埋めた後に宇宙に打ち上げてもらっても構わないんすわ！」

：ラピ○タじゃねーか
：地平線汚さないでもろて
：どこかに君を隠しているから（土の中）
：ワロス！
：バ○スみたいに言うな
：晴先輩が開幕で殺されてないから人狼って推理で吊られそう
：殺されてないから人狼は流石《さすが》に草
：なんで口調まで完全なる小物になっているんだ……

晴先輩の後ろを追いかけて辿《たど》り着《つ》いたのはセクター2。そこには私たち人狼の他にましろんと聖様の2人がいた。

「お？　これやっちゃいますか？　ダブルキルやっちゃいますか？　晴先輩、聖様の傍《そば》に居るってことはやっちゃっていいっすよね！　それじゃあましろんが他のとこ行く前にやっちゃいまーす！」

現在晴先輩はミニゲームに夢中になっている聖様の傍に張り付いている。恐らくミニゲームをやっているふりをしているのだろう。周囲に人影はない、完全なるチャンスだ。

「それじゃあいったただっきまーす！　んんんましろんの体犯すのぎもじいいいいいぃいいぃ‼‼」

この機を逃すまいと一直線にましろんに近寄り殺害する。

ふぅ……（賢者タイム）。さてさて、晴先輩。さっさとそのリア充を爆発させてくださいな。

…………あれ？

「晴先輩？　なんで殺《や》らないんですか？　え、ちょっと、早くしてもらわないとバレちゃうんですけど⁉」

なぜか晴先輩は私がましろんを殺しても一向に聖様をキルする気配を見せない。いや、それどころか動く気配すらないぞこれ⁉

本当になぜ⁉　このままじゃ私、ミニゲームが終わった聖様に通報されちゃうんだけ

ど⁉　ミニゲームをしてるふりをして様子を窺《うかが》ってたんじゃないの⁉

ん……？　待てよ？　様子を窺ってる？　ま、まさか――

「晴先輩もしかしてマップ開いてる⁉」

このゲーム、人狼《じんろう》側は妨害やプレイヤーの位置情報を調べるためにマップを開く機会が多い。当然画面のほとんどが開いたマップで塞がってしまう。

つまりこの状況、晴先輩はミニゲームをやっているように見せて実はマップを見ていて、今も私がましろんを殺したことに気が付いていないんじゃないか⁉

「ねぇやばい！　やばいって！　聖様もうミニゲーム終わっちゃうよ！　こうなったら逃げるか⁉　いやでもそれだと晴先輩が疑われる！　どうすればいい⁉」

予想だにしない展開に混乱して立ち往生してしまう。

そんなことをしているうちに聖様はミニゲームが終わり……トドメとばかりに別のセクターから光ちゃんがやってきた。

「終わった」

私が感情の消えた声でそう呟いたのと同時に、通報により画面が議論パートに切り替わる。

【彩ましろ・死亡】

お、落ち着け！　あの晴先輩のことだぞ、きっと何か策があったんだ。きっとわざとで、これも勝ちにつながる手順の一つなんだよ。

ねぇ？　そうなんですよね晴先輩⁉

「――――――」

終わった。

今皆の声に紛れて晴先輩の声にならない声が聞こえた。他に気づいた人はいないと思うが、藁《わら》にも縋《すが》る思いだった私には確かに聞こえた。

「おいそこのスト〇〇と人間のミックス」

「なんや」

「君そんな口調だったたっけ？」

聖様とのやり取りに笑いが湧く。光ちゃんの証言もあって完全に人狼確定ムードだ。緊迫感すらないのは悲しくなってくる……。

どうしよ……とりあえず否定してみるか。

「違うんですよ、はい。私は人狼なんかじゃないんですよ、はい」

「淡雪殿がそういうのなら信じるのであります」

「光も信じるよ！　信じることはバカじゃない！　信じることは強さなんだ！」

ごめん、まさか信じてくれる人がいるとは思わなくてびっくりしちゃった。有素ちゃんはいい子だね、今度パンツでもあげよう。でも光ちゃんは目撃者なんだから信じたらだめだと思うな……。

でも当然ながら吊られる流れなのは変わっていない……よし、それじゃあ最後の抵抗だ。

「くっ！　スト○○オールスター味の破壊力がすごすぎたせいでボタンを押し間違えてしまった……人狼ゲームでガンギマリになるのはプレミだったか……」

一見負けを認めたような発言。だがこれの本当の目的はダブルキルを狙ったことを疑わせないようにするためだ。悪あがきかもしれないがこれで少しでも晴先輩に疑いが向くことを避けられれば！

「私もシュワッチの傍に死体があったの見たからこれは仕方ないね。ここでシュワちゃんは吊《つ》って、私とセイセイはシロ確定でいいんじゃないかな？　あっ、あとピカリンもシロの可能性高いね」

あっ、とうとう晴先輩に切られた……。

いや、いいんですよ晴先輩。実際私がセクター2で合流してから通報されるまでの時間は10秒もない。気づかなくても不思議ではないし、静止状態でマップを見ていることを察知できなかった私にも非がある。

「それじゃあシュワちゃん、そこにハイハイしなさい」

「シオンママ、そこは正座では？」

「ハイハイしなさい」

「はいはい分かりましたよ……ハイハイだけに」

さぁ、裁きの時だ。

「それではシュワちゃん、最後に言い残すことはあるかな？」

これはつまり……遺言か。

私は一息つき、そして晴れやかな声でこう言った。

「え⁉ こんな状態からでも入れる保険があるんですか⁉」

【心音淡雪・死亡】

答えは画面が教えてくれた。私はここで退場だ。

それにしても晴先輩、何か今日調子悪くないか？ 全く活躍しているシーンを見ていない気がするんだけど……。

「あっ」

その時私は気づいた。晴先輩の今までの開幕退場芸や今のシーン、その全てが不運をきっかけにして起こっているとも言えることを。

不運、言い換えるとクソザコ運。そして晴先輩の代名詞の一つにゲームなどでの驚異的なクソザコ運がある。

狙ったキャラのガチャの排出率は天井までに出れば奇跡の領域となり、これもうガチャじゃなくて天井の値段で買ってるだけじゃね？　とリスナーさんから言われてしまったほどのクソザコっぷりは幾多の爆笑を生んできた。

そして今のこの状況……そのクソザコ運が監禁人狼という舞台の上でも発動してしまっているんじゃないのか⁉

「なんたるクソザコ運！　圧倒的クソザコ運！　晴先輩を苦しめて神様は何がしたいと言うんだあああぁぁ――‼‼」

やるせない思いを吐き出したところで何かが変わるわけではない。人狼1人に対してプレイヤーは8人、あまりに絶望的な状況だ。

もう無理なのか？　そう口に出してしまいそうになるところをぐっと堪え、人狼側は死んだ後も妨害ができる為《ため》、それで晴先輩のサポートに回る。

だが――そんな情けない私とは対照的に、そこから繰り広げられた展開は圧巻だった。

「これは――」

巧みな操作で大胆かつ繊細に次々とプレイヤーを殺害していく晴先輩。

勿論《もちろん》完全に殺害した痕跡を消すことはできない。どうしても犯人の候補に名前が挙がることがある。

だがそれは『最初に私と一緒にダブルキルをとらなかったこと』がシロである根拠として働いた。

人狼が1人になったことによる殺害スピードの遅れは、巧みな話術を使ってどんどんプレイヤーを吊っていくことで解消する。ご丁寧にエーライちゃん、シオンママ、光ちゃんなどの警戒に値する人物やまとめ役が上手《うま》いライバーから殺害していく徹底っぷりだ。

そして最終的に――


【人狼サイド・勝利】

画面には、確かにその文字が表示されていた。

「ごめんシュワッチぃぃぃぃぃぃ‼」

周囲から驚きというよりは感嘆の声が漏れる中、勝者となった晴先輩の第一声は私への謝罪だった。

「いや、あれは仕方がなかったものなので全然いいんですけど……本当に勝ってしまうとは……まさかダブルキルとらなかったのもわざとでした？」

「違うわ！　いくら私でも人狼が減るのは困るし、なんだったらあとでアーカイブ見れば罪悪感で半泣きの私が見られるからな！」

「な、なるほど！」

「もうほんとに！　一回戦も二回戦も出オチだったから最後まで戦犯にならなくてよかったよおおおぉぉ――‼‼」

晴先輩の魂の叫びに、皆が揃《そろ》って大笑いしながらも拍手し、これにてライブオンオールスターコラボは終了となった。

最後は己のクソザコ運すら実力でねじ伏せた晴先輩なのだった。

閑話　心音淡雪のカステラ返答

「皆様こんばんは。今宵《こよい》も良《い》い淡雪が降っていますね、ライブオン三期生の心音淡雪《こころねあわゆき》です。それでは予定通り、カステラ返答の方やっていきますよ！」

ライブオン一同が集まり大いに盛り上がった監禁人狼《じんろう》から一夜が明けた。

今日はお馴染《なじ》みのカステラ返答だ。どうしてもゲームのルールの都合上人狼はリスナーさんとの交流が少なかったからね。ここらでいつも支えてくれるリスナーさんたちと交流を深めよう。

「うふふ、今日は酔ってない清楚《せいそ》モードですからね！　寂しがり屋のリスナーさんとこのカステラ返答でイチャイチャしてあげるとしますかー！　そんなわけで（プシュ！）ゴクッゴクッゴク、プハアアァァァ！　はい清楚モード終わりましたー！　あわちゃんだと思った？　ねぇねぇあわちゃんだと思った？　残念シュワちゃんでしたー！」

：**帰ります**

：俺も

：チッ

：膣《ちつ》

：あまり俺を怒らせるなよ

：いやさっきのはコメ違うんです俺も舌打ちしたかっただけで一文字下ネタしたかったわけじゃないんです

：→草

：一文字下ネタ（皆さんご存じ）

：知らねぇよ

：寝よ

「あの、急に同接がガクッと減ったのは何でかな……？　私悲しくてスト○○の涙を流しそうなんですけど……？」

：草

：スト○○の涙とは？

：缶の周りの水滴のことかな？

：ただいま

：冗談だよー
「あ、段々と皆帰ってきた！　もう！　なんでこんな時ばっか一体感を発揮するかな君たちは！」
：フヒヒwwwサーセンwww
：シュワちゃんも前に言ってた通り好きな子はいじりたくなるからね
：そうそう
「ん、ま、まぁ？　そういうことならいいけど？　へへへ、もう一通目のカステラいくからね！」
＠乳首が取れません＠
「取れなくていいんだよクソボケがあああ――!!!!」
：!?!?
：いきなり驚かすな笑
：一通目からとんでもないクソカスきてて草
：クソカステラ、略してクソカスの品性の欠片《かけら》すら捨てた感じ好き
：これも好きな子に対するイジリの一環ですか？
：そうです

：マジか、有素《ありす》ちゃんのファンやめます
〈相馬《そうま》有素〉：なんで私でありますか!?
：草
：有素ちゃんもよう見とる
「もうね、こういった類のカステラはなにを考えて送っているの？　活動初期はせいぜい一割くらいだったのに、配信切り忘れてからというもの五割がクソカスよ！　お前らがカステラに変なもんばっか入れるから、こちとら届いたの開くときカステラでロシアンルーレットでもやってる気分だわ！」
：だれうま
：こっちだって井戸から汲《く》み上げてた飲み水が急にスト○○になったんだからどっちもどっちだよ　￥5000
：喩《たと》えバトル始めんな
：だって乳首が取れないんだから仕方ないだろうが!!!!
：ほらシュワちゃん、送り主と思われる人が怒ってるぞ
「怒りたいのはこっちじゃバカアアアァァ――!!」
@星乃《ほしの》マナちゃんとのコラボまだですか？@

「これさぁ……一見普通のカステラのように見えるけど、絶対さっきのカステラと同じ意図があるでしょ、出来るわけないでしょうが……」

…マナちゃん!?

…まさかホシマナの名前をここで聞くとは

…少なくとも純粋な興味からの質問ではなさそう笑

なぜ私がこのカステラにこんな微妙な反応をしたのか？　それはカステラの中に名前が出ている星乃マナちゃんという人物にある。

マナちゃんは私と同じVTuberだ。だが、それ以外は全く違うと言っていいだろう。

マナちゃんを一言で表すなら、業界のレジェンドだ。VTuberを少しでもかじっていれば、その名前を知らない者はいないだろう。

ライブオンで晴《はれる》先輩がデビューするよりもずっと前――ライブオン黎明期《れいめい》どころか箱の概念すらない、VTuber業界そのものの黎明期に彼女は生まれた。

彼女の功績と言えば、当時まだVTuberとして活動している人すら数えられるほどしかいない中、所属している企業のサポートを受けたユニークな企画の動画を精力的に生み出し、業界をリード、形成していったことだろう。

やがてVと言えば真っ先に名が挙がる1人になったマナちゃんは、同時期に同じく突出した人気を獲得していたＶ３人と共に VTuber 四天王と呼ばれるようになり、星のように輝く存在になる。

そして更にすごいのは、今日でも現役バリバリという点だ。

常に最前線を走り続けているマナちゃん。私たちのような箱で活動するライバーの台頭もあり、当時ほどの突出性は現在ではなくなったかもしれないが、マナちゃんのことをレジェンドと認めない同業者はいないだろう、神格化されているといってもいい。

ライブオンから VTuber にハマった私でも、その存在には惹《ひ》かれる点ばかりであり、届いたカステラのようにコラボとかでお会い出来たらと思う部分も当然あるのだが……。

「あっちはＶ業界のレジェンド、私は切り忘れ界のレジェンドですから……」

：あー……

：自虐が www

：あんただって大人気ライバーでしょうが！

：人気は人気でもマナちゃんはアイドルだからなぁ、厳しいか

そう、コメントにもあった通り、マナちゃんの活動はかなりアイドル的であり、そしてマナちゃん本人もひしひしと伝わってくるくらいプロ意識が高い。それはカオスとギャップが持ち味のライブオンとはあまりに正反対だ。

……。

コラボできたらそれだけでもあまりに光栄な存在なのに、そんな壁まであるとなると

「まぁ私がコラボするのは不可能だろうね。晴先輩ならワンチャンあるかって感じかな？」

やはりこんな回答になるだろう。正直雲の上の存在過ぎてあまり残念にすら思わないいんだよね、仕方ない仕方ない。スト○○と一緒にゴクゴクっと流し込みましょー！

＠化粧水はなにを使ってる？＠

「そう！　そうそうそう！　こういうカステラを待ってたんだよ！」

：急にテンション上がってて草

：カステラがまともなことに困惑してる

：化粧水使ってるの？

「使うに決まってるでしょうが！　女の子だぞ！　ちょっと取ってくるか、よっと」

：スト○○でしょ、知ってる

：お、本日二本目か？

：もしあわちゃんに水買ってきてってお願いされたら素でスト○○買っちゃいそう

「ただいまー、えっとね、IP*Aっていうところの使ってるよ、なんかぐにゃっとした容

器に入ってるやつね。結構有名なはず」
：あれか！
：よかった、ちゃんとしたやつだ
：調べてみよ
「このカステラ送ってくれた人は女の子かな？　私のリスナー層はかなり男の子が多いから嬉《うれ》しくなっちゃうね。あーでもあれか、最近だと男が化粧水使うのも普通になったから分からないか」
：なに言ってんの？　飲むようでしょ
：飲む以外ありえない
：絶対飲むから聞いたぞ
「え？　の、飲む？　化粧水を⁉」
〈相馬有素〉：五本買ったのであります　￥４４００
：ほらもう飲むのは当然で色んな用途に使おうと複数買う人出てきた
：情報代を払うな www
「えええ……まじかよ……それ大丈夫なの？」
：引いてて草

：グルシャンなんてものもあるくらいだし
：シュワちゃんだってましろんの使ってる化粧水だったら飲みたいだろ！
「うっし！　今度ましろんの化粧水なにか聞くか！　やっべぇ興奮してきた！」
：えぇぇ……
：世界平和
＠そろそろ夏本番だけど、外出の予定はありますか？＠
「ふっふっふー！　えーそれではここで宣伝タイム！　なんと明日、光《ひかり》ちゃんとオフでデートすることが決定しているどー！」
：なんと!?
：￥21111
：シュワちゃんとデート……光ちゃんに貞操帯の装着を義務付けなきゃ
：まさかのオフで会っちゃうんですか!?
：光ちゃんとデート……アフリカにライオンを倒しにでも行くのかな？
「服を探しに行くだけだからライオンとの格闘予定はありません！　あと今回スト○○はお留守番なので貞操帯も必要ないです！　いいな？　そんな物着けてたらラッキースケベすら起こらないから絶対必要ないぞ！」

：なるほど、ブティックの地下闘技場でライオンと戦うわけか
：ライオンから一回離れてもろて
：なるほど、じゃあブライアンと戦うわけか
：誰だよブライアン
：これ貞操帯やっぱりマストなのでは？
：うーん、でもシュワちゃんは金属でも唾液で溶かしちゃうから意味あるかなぁ……
：エイリアンかな？
：エイリアンＶＳプ○デターＶＳシュワちゃんＶＳまたしても何も知らない大○洋さん
：スト○○がお留守番……じゃあシュワちゃんが外出するときはスト○○のお散歩になるのか
：ス　ト　○　○　の　お　散　歩‼
「いやぁね、光ちゃんとチャットで何気ない会話をしてて、私が『夏服ないなー』って話をしたら『よし行くぞ！』って感じだったね。陽キャはフットワークが軽い……」
：光ちゃんオフでもあんな感じなのか
：でも同じ陽キャでもちゃみちゃまはフットワークがエアーズロックだぞ？
：あれは中身に陰、外見に陽を宿した特異個体だから

：陰陽師《おんみょうじ》かな？
：漢字だけで言っただろ笑
：シュワちゃん服持ってないの？
「服は最低限しか持ってないかな……生活も割と引きこもり気味だから買っても着る機会がなくて……あとお金もなかったし……。でも今年の私は違う！　日本の四季を謳歌《おうか》するのだ！」――

この後、カステラを返したり光ちゃんとのデートプランを皆と相談したりして、童貞感満載の妄想劇に手厳しいツッコミを浴びせられつつも穏やかに配信は締めの方向へと向かっていった。

光ちゃんとのデート、楽しみだ！

第二章

光ちゃんとデート

カステラ返答の時に告知した通り、私は光《ひかり》ちゃんとデートに出かけた。

今日はデートから帰ってきた翌日だ。筋肉痛が残る足からくる運動不足の四文字に全力で目を逸《そ》らしながら、今日も配信をスタートする。なにがあったのかを回想しながらリスナーさんに説明する、レポート配信というやつである。

……今度ロングフィットを本格的にやろう。

「皆様、こんばんは。今日もいい淡雪が降っていますね、とっても清楚《せいそ》な心音《こころね》淡雪《あわゆき》です。そして？」

「こんピカー‼　祭りの光は人間ホイホイ、祭屋《まつりや》光ドゥエエェェェス‼」

「なんか光ちゃんいつにもましてテンション高いですね？　私溶けてしまうかと思いまし

たよ。ごめんなさい嘘《うそ》です、飛んでるタイプのパリピが来たのかと思って体の芯が凍りました」

「今日は少しボウリングをプレイしていたからね！　体が温まってるのさ！」

「本当にパリピだったみたいですね、流石《さすが》光ちゃん」

「パリピじゃないよ！　1人で行ってきたもん！」

「え、1人で？　昨日私とあれだけ歩き回ったあとに？　なぜ？」

「最近野球界が盛り上がってるからプロ野球選手系VTuberになろうと思って！」

「その為《ため》にボウリング………なぜ？」

「なんでだと思うー？」

　さてさて、今日もライブオンが始まりましたなー。

　一見飛んでるのかと心配になる会話だが、光ちゃんとは長い付き合いな上に昨日あれだけ振り回された私だ。ここらでいっちょ光ちゃん風で言うと友情パワーとか絆《きずな》の力ってやつを見せてやるかな！

　私と光ちゃんの間に分からないことなんて存在しないのさ！

　野球からボウリング……なるほどなるほど、整いました。

「それすなわち」

「違います！」

「光ちゃん、私は今心の中で君との友情を試そうと思っていたんです、それを答えることすらできないまま否定された私の身にもなってください」

「ごめん、自分で説明したい欲が出てきちゃって途中で止めちゃった……」

「全く、次は我慢してくださいね？」

「はーい！」

「いきますよ？　それすなわち、利き手《きて》を鍛えようとしていたから！」

「違います！　でもちょっと惜しい！」

うん、だめだわ。いくら友情があっても分からんもんは分からんのよ、だって根底にある常識が違うもんライブオンの皆。むしろ惜しいところまでいけたことを褒めてほしい。

もうね、ライブオンの皆と会話が通じ合う人はマルチリンガル名乗っていいと思うのよ、すっごいグローバルな環境だよライブオンは。

「それじゃあ正解はなんですか？」

「野球は球を投げる競技なわけだよ！　つまりボウリングの球を投げれば最強！　デカさ＝強さ！　その為の練習だったわけだよ！」

「光ちゃん、野球で使う球は決まっているんですよ。ド〇ベンですらボールは守ってたんですから」

「世の中には二刀流で不可能を可能にした男だっているんだよ！　ボウリングボール投げるくらい問題ない！」

「だめだよ」

「だめなの？」

「だめなの」

「そっか！　なら仕方ないね！　ボウリングは運動不足解消の為でもあったからいいや！」

「分かってくれたのならいいんです、ちなみに重いボウリング球を野球みたいに投げたりしてないですよね？　そんなことしたら床が傷ついてしまいます」

「そんなのマナー違反だからやらないよ！　光は正義に生きる子だからマナーは守るもん！」

「それなら普通の野球ボール使ってくださいな」

「野球ボールで２００キロ投げちゃうもんね！」

「目標が高すぎる、せめて１００とかから刻みません？」

：こんピカー！

：雪祭りコンビ！
：開幕から光ちゃん光りまくってんなぁ
：テニスの王○様ならボウリングしても許してくれそう
：大海原で海賊と戦うのに比べたらボウリングなんてフェアプレーよ
：（ボールが）でか過ぎんだろ……
：キャッチャーと審判がピンみたいに倒れていくのが見えた
：審判「ストライク！（やけくそ）」
：審判ボールのことガターって言いそう
：バッターアウトならぬピッチャーアウト
：粘着物質規制されたから試合中にシコれなくなった（泣）
：股間から粘着物質生み出すのはやめてもろて
：色んな意味でデッドボール

ほんと、相変わらずパッションで生きてるなぁ光ちゃんは。猪突《ちょとつ》猛進の言葉が相応《ふさわ》しい生きざまだ。

ここまで純粋で素直な子が育ったのは奇跡だからね、ライブオンの中では下ネタも言わないから実は癒《いや》し系でもあるのかもしれない。異論は山ほど受け付けます。

「さて、前にも告知した通り光ちゃんと一日遊んできたので本日はその振り返りがメインになります。今日もよろしくね、光ちゃん」

「こちらこそよろしくぅ！」

どれから話せばいいか分からないくらい色々なことがあったからな、まずは何から話そうかな。

「まぁ細かく知りたいリスナーさんも多いよね、出会いからまったり振り返っていきましょう」

「光にはまったり生きている時間なんてないのさ！」

「了解しました、というわけで今日の配信はここまでですね、また淡雪が降るころに」

「あーあーごめんごめん！　謝るから振り返りいってみよう！」

ちゃみちゃんと遊園地に行った時もそうだったが、現場ではお互い本名呼びだったけど、これは配信だからライバー名で呼び合っていたことにする。

当日、ファッション関連に詳しくない私の為に色々なお店を案内してくれるということで、駅前で待ち合わせしていたのだが、集合場所には私より先に光ちゃんの姿があった。

相変わらずの煌《きら》びやかな陽キャのイメージそのままな容姿は遠目からでもはっきりと視認できる。

随分早いんだな。私も約束した時間の10分前には到着していたのだが……待たせてしまったかな？

少し歩く速度を速める。

「って気づくの早!?」

まだ私と光ちゃんとの間に結構な距離が開いていたのだが、光ちゃんは背景と同化してしまいそうなほど地味な恰好《かっこう》をしている私に一瞬で気づき、そのまま大きく手を振りながら全力ダッシュしてきた。

……ちょっとだけ目立って恥ずかしい。これが陰と陽の違いなのだろうか？　ちゃみちゃんほどではないが一般的には陰の方に分類される私だ、これからのデートを無事に過ごせるだろうか……。

「やっほー淡雪ちゃん！　待ってたよ！」

「こんにちは光ちゃん、あの距離からよく気が付きましたね」

「目は良《い》いからね！　あと大切な仲間の顔ははっきりと覚えているのさ！」

「流石ですね。しかも到着も早かったみたいで……もしかして結構待たせてしまった感じですか？」

「一時間くらいしか待ってないよ！」

「うん、多分これは私が悪いわけではないですよね、絶対光ちゃんが来るのが早すぎですよね！」

「楽しみだったから家になんていられないよ！　お仕事の連絡とかもしてたから暇ではなかったよ！　あと遅刻しないためだね！　約束したことは絶対に裏切らない、それが光なのだよ！」

真面目なんだろうけどどこかずれている光ちゃんに開口一番から驚かされてしまう。

ゲームのやりこみ具合からも分かるけど光ちゃんは何事もやりすぎてしまう性格なんだな……今度からは誘い方に工夫を入れてなんとか対策を練ろう。

……友達相手に対策を練ることとなんて普通ある？　ま、まあいいや、あんまり気にしないことにしよう。

「多分遠足の前日とか寝られなかったタイプですよね光ちゃん、昨日は大丈夫でしたか？」

「二時間ぐっすり寝られたから万全の状態だよ！」

「いや短い‼　めっちゃ寝不足じゃないですか⁉」

「んーそうでもないよ？　昔から光、二時間も寝れば十分なんだよね、ショートスリーパーってやつだと思う！」

「え、普段からってことですか？　それは凄《すご》いですね……」

そう口では言いつつも正直なことを言うと少し心配だ。体に疲れが溜《た》まったりしないのだろうか？

でもある程度の特異体質じゃないとあの苦行としか思えない縛りゲームプレイをクリアなんてできないのかな、エンターテイナー的視点で見ればこれも才能と言っていいのかもしれない。

目の前の光ちゃんも見るからに元気が溢《あふ》れている感じだし、晴《はれる》先輩みたいな理解の域を優に超える一種の天才型として見るのが正解なのかな？

心配し過ぎてしつこいと思われるのもあれなので、この件はそういうものだと思うことにするか。

「淡雪ちゃんと街を歩くのは初めてだねー！」

「そ、そうですねぇ」

合流場所で立ち話を続けるのもなんだったので、いざ街中を2人で歩き始めたわけだが
――

近い！　この子距離感が近すぎるよ‼

当たり前のように腕を組んでいるため常に体はくっついており、私の方が背が高いため会話のたびに斜め下超近距離から光ちゃんの顔が覗《のぞ》いてくる。

あぁぁ、今までの人生で一度も縁が無かったキャピキャピの陽キャ少女の顔がこんなに近距離に……初めての経験に脳が混乱を起こしているよ……。

しかも光ちゃんの服装は初夏らしくオフショルの露出度高めのファッションだから健康的な肌が際《きわ》どく見えて……。

だめだ、あんまり意識すると熱中し過ぎて熱が出る方の熱中症になってしまいそうだ。

「んー？　どしたん淡雪ちゃん、さっきから体が固いよ？」

「いやーあはは、私たちまるで恋人同士みたいだなーって思って。大丈夫です、私熱かったりしませんか？」

「大丈夫！　今日は光が確実に淡雪ちゃんの買い物ミッションをコンプリートするからね！　どんな外敵からも守り抜いてみせるから安心して！」

どうやらこれはエスコート兼ボディーガードになってくれようとした結果のようだ。

ここまでべったりだと逆に守りにくい気がするんだが……いやそれよりも。

「この日本で一般人にボディーガードが必要になる機会なんて滅多にないと思うんです

が」

「そんなことないよ！　人間に化けている新種の生命体からの急襲があるかもしれないし、地下に巣くう人間よりずっと大きい巨大な昆虫が暴れ出すかもしれないし、空からは宇宙人が侵略にやってくるかもしれないでしょ！」

「あるわけないでしょそんなこと……」

「油断は禁物！　世の中には危険がいっぱいなんだから！　でも心配しないで、今日は光がいるから淡雪ちゃんの体に指紋一つ残さない綺麗《きれい》な体でお家《うち》に帰すからね！」

「あ、ありがとうございます……」

もう指紋なら光ちゃんのがべったり付いている気がするのだが、気にしたら負けなのだろう。

そんな話をしている間もぐんぐんと私の体を引き、女の子同士が腕を組んでいるのが気になったのであろう周囲の視線も物ともせずエスコートしてくれる光ちゃん。

あれ……もしかしてこの状況って地味な女の子がフレンドリーな陽キャ女の子とドギマギしながらデートするっていう尊さSSRのシチュエーションなのでは……？

「今日はどんな服が欲しいとかは決めてる？」

「いやー特に決めていないんですよね。基本的に自分のファッションセンスを信じていないもので……」

「なるほど！　外からの意見を取り入れる広い心を持っているわけだね！　かっこいいぜ！」

「そんな大層な思いじゃないですよ」

この奇跡的シチュエーションを意識し過ぎるとうまく会話すらできなくなる気がしたので、対策として私は逆に萎えることを考えることでなんとか自然体を装《よそお》うことにした。

落ち着け淡雪、確かに光ちゃんの存在は尊さの塊だが対になっているお前はなんだ？　スト〇〇が入ってすらいないお前はもはや歩く空き缶だぞ？　配信中ならまだしも外では完全なモブだ、己惚《うぬぼ》れるな！

ふぅ、やっぱり私はこういうシーンを眺めている側でいいんだよ。自分が当事者だと考えたら急激に頭がクリアになってきた。

「じゃあ普段はどこで服買ってるの？　今着てるのとかは？」

「今日のはどこで買ったのかすらもう忘れてしまいましたね。基本はユニシロ、ＣＵ、やまむらとかで安くて無地に近いやつを適当に見繕ってます」

「無駄なものを徹底的に削《そ》ぎ落とした一種の境地に達しているわけだね！　最高にクールだぜ!!」

「いや、境地もなにも一歩目すら踏み出せていないだけですから……」

全肯定光ちゃんの優しさと寛大さに涙が出そうである。

この日の私の服装はヘンに悪目立ちしない地味な白のTシャツに下は黒一色のワイドパンツ、それだけ、機能性抜群だ。

もし遊○王のライトア○ドダークネスドラゴンみたいだねって言うやつがいたら体のパーツを100個に分解して一生解放されることのないエク○ディアにするから覚悟しろよ。ドロー！　封印されし者の左手小指！　ドロー！　封印されし者のハムストリング！　ドロー！　封印されし者の封印されしモノ（下ネタ）！　こんな意味不明なカードでどうやって戦えばいいんだ⁉　状態にしてやるからな。

いやさぁ、私も昔は服とかに興味がなかったわけじゃないんだよ？　私にも美にあこがれた学生時代だってあったさ。

でもね、卒業後にブラック企業で働いているうちに生きることが最優先になってしまってね、自分を着飾る時間も余裕もお金も無くなり、最終的に意味すら見いだせなくなってしまったわけよ。

だが今の私は生まれ変わったのだ！　これからライバーの仲間たちと企画や遊びでオフで会う機会も増えるだろうから、並んでも恥ずかしくないように最低限のおしゃれは身に付けないと！

「私と違って光ちゃんはおしゃれですね」

「ほんと？　ありがとー！　でもまぁその分お金もきつかったりするんだけどね……服って本格的に選ぼうとするとびっくりするくらいお金かかるのが難点だよ」

「ふふっ、多分今の私は全身で一万円もかかっていませんよ」

「本当に⁉　やっぱりデザインが関わるものは原料が似通った素材でも全然変わるね……光なんて下着だけでとどいちゃいそうだよ……」

「へ、へー、そっ、そうなんですかぁ」

突然下着の話をされて思わずキョドってしまう私。

性からかけ離れているイメージの光ちゃんが下着の話をしているのにギャップを感じて正直ドキッとしてしまった。

いけないいけない、これでは完全に童貞の男子学生と何も思考が変わらないではないか。私だってまだうら若き乙女だ、この程度の話題で動揺しているようでは尚更《なおさら》リスナーさんからバカにされてしまう。

下着なんて余裕ですよ！　よーゆーう！

「そんな高い下着、私買ったことないですね。最近はもう通販でめちゃ安いセットのやつとかに手を出してしまっているくらいです、情けない」

「それじゃあだめだよ淡雪ちゃん！　品格というやつは見えないところから溢れ出すものなのさ！　その証拠に燃えるような熱い闘志を今の光からも感じるでしょ？」

「んー……そうかも……しれませんね？」

「あり？　思ったより反応悪い？　おっかしいなぁ、お気に入りの着けてるはずなんだけど……ほら！」

「へ？」

そう言うと光ちゃんは組んでいた腕を外し、私の後頭部に回してグイっと胸元に引き寄せた。

そして服の胸元の部分を反対の手の人差し指で私だけに中が見えるように引っ張り——

「————」

「ね！　いいやつ着けてるでしょ！　……って淡雪ちゃん？　どうしたの？」

意識が遠のいていくのを感じる。でも不思議と頭の中は天上の幸福感に包まれていた。

もう一生童貞でいい——だってこんな感動を味わえるんだから。

さぁ、今こそこの言葉を全世界の同志に送ろう。

——下着は赤かった。ｂｙシコーリン——

「おーい？　へーんーじーしーてー！」

——はっ！

「ひ、光ちゃん⁉　なななな何をしておるか⁉⁉」

数秒間天国に旅立っていた意識が光ちゃんの声で現世に呼び戻される。

危うく赤面どころではなく鼻血で顔面を赤く染めてしまうところだった。

そう、まるで光ちゃんの真っ赤な下着のような……下着の……よう……な……。

うおおおおおおおお⁉⁉⁉⁉

「もーなんでそんなにてんぱってるの？　おっかしいんだぁ！　女の子同士なんだからこれくらい平気じゃん！」

「そ、そうですよねぇあはははは、こ、これは失礼しましたぁ」

本当か？　陽キャの女の子はこれくらいしてしまうのか？　光ちゃんが警戒心がなさすぎるだけではないのか⁉

ああ、もう駄目だ、このシチュエーションをヘンに意識しないようにするつもりだったけど、今では自分が陽キャのテンションに心を揺さぶられまくる地味っ娘《こ》役にしか思えなくなってしまった。

うぅ、どうしよう、未《いま》だに顔から熱が引かないよぉ……。

物語の中だったら大歓迎な展開なのだが、いざ自分が当事者になるとどうすればいいのか分からなくなる私なのだった。

「ねぇねぇ！　どうだった光の勝負下着！　光の燃えるハートは伝わった？」

「しょ、勝負下着⁉」

デ、デートで勝負下着を着けてくるってことはそういうことも考慮していると考えてもいいってこと⁉

どうしよう、私そんなの持ってないからこんな安物で来ちゃったよ！　いっそのことノーブラで来れば良かった！

いや待てよ？　光ちゃんは下着だけじゃなく全身コーディネートで来ている、ということは私は全裸で来るのが正解だったのではないか？

そうだそうだったんだ‼　もし全裸に何か言ってくる奴《やつ》がいれば言ってやればいいんだ、「これはエロい覚悟を決めた人にしか見えない服を着ているんだ！」と！

全裸こそ性交渉の正装なんだよ！　精巣《せいそう》の為《ため》の正装なんだよ！　礼節を持てよ！　今から性交渉するって奴は服なんか着てるんじゃねぇ！　礼儀正しく全裸でデートに行けや！

あれ？　となると私と性交渉をする予定なのに今バッチリ服を着こんでいる光ちゃんはどうなるんだ？　これって礼儀に反しているのではないか？

いや待て……この人としての常識が試されている議論の出発点は光ちゃんの勝負下着、つまり衣服からだ。何か私は間違っているのではないか？

考えろ私、礼節をわきまえた日本人になるために考えるんだ、勝負下着とはなぜ存在する？　普通の下着とは何が違う？

それは──己を魅力的に見せるためだ。つまり……顔にメイクを施すのと一緒……？

「ねぇ光ちゃん、ファッションってメイクと同類のもの？」

「ん？　どしたの突然？　まぁ自分を高めるって目的は同じなんじゃないかな？」

「なるほど！」

ようやく正解にたどり着いたわ、全裸は流石《さすが》にダメだよね、常識的に考えて。

世のおしゃれ女子はこんな深いこと考えて自分を着飾っていたんだなぁ、尊敬だ。

全裸が正装なのかそうじゃないのかなんて私高校生の頃も含めて今まで考えたこともなかったもんなぁ、やっぱりおしゃれ女子は最先端なんだね！

「これが光の戦闘服だからね！　どんな悪いやつも退治してやる！」

「ん？」

そう言って隣でシャドーボクシングを始める光ちゃん。

あれ？　この感じ、なんかおかしくない？

「あの、光ちゃん、ちなみになんですけど、勝負下着っていつ使うものと思っていますか？」

「んー？　それは勿論《もちろん》戦う時だよ！　だって勝負下着だもん！」

「それは物理的な意味で？　それとも肉体的な意味で？」

「⁇　それどっちも同じじゃない？」

だめだ、なんか会話がややこしくなってきたぞ。

そうだ！　これならいけるかも！

「あれです、光ちゃんはなんで勝負下着って言われているか知っていますか？」

「んー？　なんか友達が大切な日はお気に入りの勝負下着が大切って言ってたの聞いたから！」

「あー……なるほど」

これ漢字そのままの意味で勝負下着を解釈しているんだな……。

やっと会話のずれが理解できた、というかいかにも光ちゃんらしい理由だから気が付かなかった私がいけなかったな。

不意打ちでドキドキさせられたから動揺で正常な思考が働いていなかったようだ。

あれだ、もう不意打ち（光ちゃんは普通のことをしているつもりなのだろうが）を受け続けて平常心を保てないことは分かってしまったから、せめておかしな行動を起こさずにデートが無事終わるよう努力しよう……。

「さて、一軒目のお店にもうすぐ着くよ！」

「お、いよいよですか！」

光ちゃんの指さす方向に視線を向けるとそこにあったのは……これまたおしゃれなブティックですなぁ。

やばい、私場違い過ぎて店員さんから白い目を向けられたりしないだろうか？　そこまで私に興味がある人は滅多にいないことが分かっていても被害妄想が止まらなくなってきた。

「ここね、光の友達が働いてるんだ！　しかも数少ない光が今の活動をしていることも知ってる親友の1人なんだよ！」

「え、そうなんですか⁉」

「うん！　なんでもジャンル揃《そろ》ってるお店ってわけじゃないけど、淡雪ちゃんこういうお店詳しくないって言ってたからせめて最初は緊張しないように知り合いがいるお店選んだの！」

「光ちゃん……」

「ここで雰囲気に慣れたら二軒目以降も回っていこうね！」

なんて優しい子なのだろうか、そしてなぜそこまで人に優しくできる心を持っているのに自分には鬼畜の所業を課すのだろうか？

感動やら疑問やら色んな感情がごっちゃになったけど一言でまとめるとママになりたい。

その純粋な心を一生守り抜いてあげたい。

そんなことを思いつつも当然口には出せないまま、光ちゃんに腕を引かれてお店の中に入ったのだった。

「お邪魔しまーす！」

「お、おじゃましまーす」

「「いらっしゃいませー！」」

お店の扉を開けると、もう外見だけではなく声からキラキラした店員さんたちの視線が集中する。

そして、店員さんの中の1人が少し早足で私たちの傍《そば》まで寄ってきた。

「よー藍子《あいこ》！　来たよー！」

「いらっしゃい光、待ってたよ」

仲良さそうに挨拶をする2人、この人が光ちゃんの親友なんだな。

お仕事をしながら遠目で眺めていた店員さんにも慣れた様子で挨拶をする光ちゃん、店員さんの微笑《ほほえ》ましそうな様子を見るにどうやらかなり常連のようだ。

光ちゃんと軽い会話を終えた後、今度は私に向き直る藍子さん。

ブティックの店員さんの為当然ではあるが、その姿は隙などなしと言わんばかりに完璧に着飾られている。

「淡雪さんですよね？　お話は光から聞いていますよ、店員の藍子と申します。いつも光がお世話になっています」

「い、いえいえ！　むしろこちらの方がいつもお世話になってばかりで……」

「本当ですか？　少し話せば分かったと思いますけどこの子おバカでしょう？　日々事務所の方々に迷惑をかけていないか私心配で心配で……」

「ムー！　光はバカじゃないぞ！　バカって言う方がバカなんだぞ！」

「大丈夫、光はバカじゃなくておバカだから」

「それって同じじゃないかー！」

「全然違うよ、後者の方が可愛《かわい》げがあるもの」

「そう？　そっか！　それならいいんだよ！」

「うんうん、そうだねー」

光ちゃんを軽くいなして微笑んでいる藍子さん、本当に仲がいいんだなぁ。

丁寧に対応してくれるし、すごくできる人って感じだ、クールでかっこいい！

一見タイプが違うように見える2人だけど、凸凹だからこそ噛《か》み合《あ》っているものがあるのかもしれないな。

フハハハ！　だがこの淡雪をなめてもらっては困る！　数々の経験を積んできた私にはライブオンに通ずるものにまともな人間が存在しないことくらい分かっている！

きっと真面目でかっこいい藍子さんも光ちゃんと通じている以上なにかヤベー要素があるはず！

ふっ、事前に来ると分かっていれば流石の私も驚かないよ。

さぁ来い藍子さん！　私がどんな特殊性癖でも受け止めてみせるよ！

「よっしゃ！　それじゃあ淡雪ちゃんに合う服を探すぞー！」

「そうだね、淡雪さんスタイルがいいからなんでも似合いそうで楽しみです」

「そ、そんな……恐縮です……」

2人と共に店内の物色を開始する。

さぁ、まずはどう来る？

「これなんか最近トレンドですね。それを抜きにしても使いやすいデザインですから、おすすめですよ」

「なるほど……」

藍子さんが手に取ったのは特に変わった様子もない、涼し気でデザインも綺麗《きれい》系なトップスだった。

まだ牙は隠すか、オーケーオーケー。

「どうです？　こういうジャンルは好みですか？」

「えっと……そうかも？　嫌いではないですけど、初心者過ぎてちょっと着た姿が想像出来なくて」

「なるほど、それでしたら一度試着してみることをおすすめしますよ」

「あ、じゃあお願いします」

「はい。それじゃあこれに合う物もいくつか持っていきましょうか。全体像ですとか、組み合わせ方が分かりますから」

「ありがとうございます！」

「これと……あとこれかな。光！　こっちで一回試着してみるから、そっちはそのまま探してて！」

「はーい！」

そのまま試着室に案内される。

よし、恐らく来るのならここだろう。試着室なんて絶好のシチュエーションだ。

「外で待機していますので、サイズが合わなかったり着方が分からなかったらおっしゃってくださいね」

「はい！」

「それでは失礼します」

「………………」

い、行ってしまった。

え、いいの？　こんな絶好の機会を逃してもいいの？　ライブオンたるものここでなにかやらかさないと勿体《もったい》なくない？

ま、まぁ来ないんだったら仕方ない、普通に試着するとしよう。

私が脱いだ服がいつの間にか無くなっていて、試着室のカーテンを開けたらなぜか藍子さんがその服を着ているケースも想定したが、服がなくなるどころか試着室のカーテンには一ミリも開く気配すらない。

これは一体どういうことだ？

その後、試着を終えて、気に入った服がいくつか見つかったので、それらの購入を決めた。

今日は奮発するって決めているからな、気前よくどんどんいこう。

だが本題はそこではない、とんでもないことが判明してしまったのだ。

その後も色々な組み合わせを提案してくれた藍子さん、そのどれもにセンスを感じて、おかしな点など微塵《みじん》もない。

これは――も、もしかして⁉

「あとはこれとかも……あれ？　どうしました？　そんな驚いたみたいに目を見開いて？」

「常識人だ……」

「はい？」

「常識人……実在していたんだ……」

「……⁇　ありふれているからこそ常識人なんじゃないですか？」

間違いない……この人、紛れもなく常識を持っている。

信じられない……間接的にとはいえライブオンに常識人が居るなんて……。

「すみません藍子さん、私固定観念に縛られていたみたいです。失礼を謝罪します」

「……淡雪さんが私になにを期待していたのかは分かりませんが、ご期待に添えず申し訳ないです」

「いえいえ！　いいですよ！　むしろ感動したので写真撮っていいですか？」

「……いいですよ」

「あと握手とかしてもらって大丈夫ですか？」

「……どうぞ」

「やったー！　常識人の方と握手できるなんて私夢みたいです！」

「淡雪さん」

「はい？」

「光が色々とすみませんでした……」

「え、光⁉　なぜ⁉」

ライブオンに思考まで侵食されている私なのだった。

藍子さんが常識人だという驚愕《きょうがく》の事実が判明した後、少しずつ私も店内のおしゃれな雰囲気に慣れてきたので、リラックスして雑談をする余裕が出てきた。

今は藍子さんと光ちゃんの話で盛り上がっていた。当の光ちゃん本人は緊張の解けた私の様子に安心したのか、今までべったりだった私たちから離れて他の店員さんと服を物色している。

藍子さんは光ちゃんと高校からの付き合いのようで、昔の光ちゃんを知らない私からしたら聞かせてくれるどの話も非常に興味深いものだった。

いい機会だし、気になることは色々聞いてしまおう。

「藍子さんにとって、光ちゃんってどんなイメージですか？」

「イメージ……うーん……愛されるおバカですかね」

「あ〜、それは私も分かりますね」

「あの性格ですからね、きっと私と仲良くなれたのもそのおかげなんだと思います」

「というと？」

「私って……何と言いますか、深い人付き合いが苦手なんですよ。お客さんと店員みたいな軽い関係でしたら大丈夫ですしむしろ得意なくらいなんですけど、あまり踏み込まれてしまうとその……裏を疑ってしまうというか、どこか疑心暗鬼になってしまう自分がいて……性格が悪いんです」

「……いえ、なんとなく分かりますよ」

大なり小なり、誰しも関係が近くなればなるほど自分の理想を押し付けてしまうことはあると思う。そしてその思いは悪い結果に繋《つな》がってしまうことも多い。

だからいっそのこと他人とは一定の距離を保つことで心の平穏を守り抜く、このタイプの人は意外と多いと思う。

「でも光に関して言えば、もう最初から私の思い通り動くわけがないと分かっている。つまり常時裏切られているようなものなので、それが逆に私には心地よくて、裏表を感じない要因になっているんですよ」

「あはは……確かに光ちゃんは行動の予想が難しいですよね……」

「もう本当に最初はなんだこいつ⁉ って感じだったんですよ！ 高校入学直後、隣の席同士だったんですけど、クラス全体の自己紹介でいきなり『ただの人間には興味ありません』から始まる例のスピーチをして、わざととんでもなく痛いやつイメージを付けた状態で高校生活を開始するハードモードプレイしてましたからね」

「高校の時から既にドMだったんですね……」

「まぁそれでもすぐにクラスの人気者になった辺り、流石《さすが》というかなんというか」

「そのインパクトに藍子さんも落とされてしまったと」

「いや落とされたわけでは……仲良しになったのは事実ですけど……」

なんだかんだ文句のように語る藍子さんだが、その様子はどこか楽しそうで、声色はまるで知人の武勇伝を語っているようだった。

いいなぁこの感じ、これぞ女の子同士の友情、憧れるなぁ。いつか私も光ちゃんともっと打ち解けてこんな関係になれるかな。

「その他にも、一時期一緒にファミレスでアルバイトを始めたときには、店長に『三つ星シェフ目指します！』って宣言して困らせたりもしてましたね」

「ファミレスで⁉」

「終《しま》いには卒業した数年後、いきなり電話で『この世で最強の存在は物理攻撃が効かない電子生命体ということが分かった。ということでVTuberになってくる！　光は人間をやめるぞ！　UREYYYY‼』って言いだした時は眩暈《めまい》がしましたね」

「モン狩りの時に言ってたやつマジだったんだ……」

光ちゃん、頭の中も光り過ぎだぜ。

「あと、基本素直で言われたことを守る子なんですけど、そのほとんどが曲解されて伝わっています」

「え……」

「これ本当に謎なんですけど、光の中で妙なルールが働いているらしくて、言われたことがそのルールに変換されてしまうみたいなんですよね」

「頭の中に翻訳ソフトでも入っているんですか？」

「そうですそうです、光の脳内は全て光翻訳を経由された情報しか入ってこないみたいなんですよ」

「さっき人間やめるとか言ってましたけど、さては元から人間じゃないのでは？」

「まぁ不思議なことに解釈は違っていてもその上に成り立つ結果は世間と共通しているみたいなので、慣れればかわいいものですよ」

「は、はぁ……」

確かに言われてみればやけに少年漫画チックな考え方だったりするからな光ちゃん。私を案内してくれているときもボディーガードとか外敵からとか言ってたし。

「あと、性的話題は年齢制限が掛かっているみたいで全カットされてますね」

「なるほど、その手の話題が通じないのはそれが原因でしたか」

「頭の中ヤ〇ーきっずなんです」

「それめちゃくちゃ煽《あお》ってません？」

「あ、バレましたか？　まぁでも、その分光には私なんかよりよっぽど優れている点も多いんですけどね」

「そうなんですか？」

「はい。色んな部分で才能の片鱗《へんりん》を感じるんですよね、そこは素直に尊敬しています。例えば……光はセンスがいいんですよ」

「おーい！　かっこいいの選んできたぞー‼」

「ほら」

その声に藍子さんが視線を向けた方向を私も見ると、光ちゃんが上下一式＋アクセサリー系まで選んできてくれたようで、両手をいっぱいにしてこちらに歩いてきた。

「見てこのダメージジーンズ！　めっちゃかっこよくない⁉」

特に一押しなのは程よくダメージが入ったジーンズのようで、露出も少なめだしこれなら私でも穿《は》けそうだ。

「この傷……きっと歴戦の猛者《もさ》が愛用した古《いにしえ》の防具に違いないよ！」

「へ？　いや、それは元々そういうデザインで制作されたものじゃ」

「これならきっと攻撃力アップ系のスキルが付いているはず！」

「いやスキルってなに⁉　光ちゃんは一体何を求めていたの⁉」

「さぁ淡雪ちゃん！　試着室行くよ！」

「あ～れ～⁉」

「ごゆっくりどーぞー♪」

営業スマイル全開の藍子さんに見送られながら、光ちゃんに半ば強引に試着室まで連れていかれる。

だ、大丈夫かこれ？　なんかおしゃれとは違う視点で服選びしてなかったこの子？　ここをブティックではなくてＲＰＧの防具屋だと思ってなかった？

途端に嫌な予感がしてきたが、勢いに押されるまま着替える私なのだった。

結論、嫌な予感はただの杞憂《きゆう》だった。

不安に駆られながらも渡されたものに着替えたのだが、パンク系というのだろうか？　全身がクールに纏《まと》まっていておしゃれなバンドガールのような全体像に仕上がっていた。

これなら悪くないばかりか、一式くらい持っていたいと思うほど、ピーキーなパーツを纏めるそのセンスはピカイチなものを私でも感じる。

その時、私は藍子さんとの会話の内容を思い出していた。

『これ本当に謎なんですけど、光の中で妙なルールが働いているらしくて、言われたことがそのルールに変換されてしまうみたいなんですよね』

なるほど、さっきの古の防具云々《うんぬん》もこれが原因か。

でも不思議なことにセンスはあると……。

「どうです？　面白い子でしょう？」

「ええ、本当に」

「自慢の親友なんですよ」

未《いま》だ唖然《あぜん》としている私とは対照的に、そう言う藍子さんの笑みは今日一番輝いていた。

「めっちゃ買ったねー！」

「そうですね、光ちゃんの手を借りられる今日だけで、この夏を乗り切れる量を買ったつもりなので」

「そんなに焦《あせ》らなくても、光ならいつでも手を貸すよ！」

「本当ですか？　ふふっ、それじゃあ次遊ぶときは光ちゃんの欲しいものを一緒に買いに行きましょうか」

「いいねいいね！　なに買おうかなー」

両手いっぱいにいろんな店で買った洋服をぶら下げ、駅への道を歩く。先ほど光ちゃんが荷物持ちに立候補してくれたが、ここまで世話になってそれは私が許せなかった。

駅に着いたらこのまま解散の流れだ。

それにしても、今日だけで今まで知らなかった光ちゃんの色々な面を見ることができたな。

交流を深めるという点ではオフで会ってみることは大きな意味を持つのかもしれない。後日一緒にやる振り返り配信が楽しみだ。

ふと、藍子さんとお店を出るときに話したことを思い出す。

『光をこれからもよろしくお願いします。おバカな子ですけど、私は光にはずっと輝いていてほしいんです』

『そんなのこちらこそってやつですよ！　まぁ光ちゃんは私なしでもずっとキラキラしていそうですけどね』

『いえいえ、きっとそんなことないですよ。人には誰かとの繋がりが必要不可欠です、それは光もまたしかり。光は義務感が強い子です。それは良《い》いことなんですけど、時にそれが重い負担になってしまうこともあります。そんな時は支えてあげてください』

『はい、私にとっても光ちゃんは大切な仲間ですから。ふふっ、でも藍子さんまるで光ちゃんのお母さんみたいですね』

『なっ⁉　へ、変なこと言わないでください！　友達ですよ！　友達！』

『おーい！　まだ話終わらないのー⁉』

『あ、光ちゃんが呼んでいますね。それでは私はもう行きますね。今日はありがとうございました』

『全くもう、あ、最後に連絡先だけ交換させてもらえますか？　光にもしもの事があった時に必要になるかもしれないので』

『やっぱり藍子ママだ……』

『何か言いましたか、最ママさん？』

『な、なんでそれを知ってるんですかぁ⁉』

『2人ともはーやーくー！』

結局光ちゃんに急《せ》かされた私は急いで連絡先を交換し、次のお店へと向かった。

でも私には少し気がかりなことがあった。光ちゃんを支えて欲しいと言っていた藍子さんの言葉がやけにリアリティを含んで聞こえたからだ。

もしかすると過去に何かあったのだろうか？

活発でいつも元気で正義感に溢《あふ》れていて真っすぐで、誰からも愛される子。

根っこが影側の私なんかよりよっぽど世の中を生きる才能に溢れている気がするのだが……きっと長い時間を一緒に過ごした藍子さんには更に深くまで見えているものがあるの

だろう。

……なんか悔しいな。私だって同業者であり同期という藍子さんにはないアドバンテージがあるのだ、いつか光ちゃんマウントでもとってやれるくらいになってやろう。

「あ、あのお店水着売ってる！　夏入ったのにまだ海行ってないから新しいの買っちゃおうかな！　ねぇ淡雪ちゃん、ちょっと見て行っても……ってその荷物の量じゃきついよね、ごめん……」

「いえいえ、ちょっとくらい全然平気ですよ。私も気になるので行きましょう」

「ほんと？　ありがとう！　じゃあ少し見るだけ失礼するね」

パタパタとお店の中に入っていく光ちゃんの後ろを付いていく。

海かぁ、もう何年行ってないだろうか。夏をエンジョイすると決めた今年は水着を買って行ってみてもいいかもしれないな。

……それにしても、やっぱり水着は露出が多いものが散見されるな。自分が着ている姿が全く想像できない。ビキニタイプとか下着と面積変わらないし、名前が違うだけで見せても平気になる人間とはなんとも単純な生き物だ。

……今露出とビーチ繋《つな》がりで全裸の赤いアレを思い出したけど、アレはＵＭＡみたいなものだからノーカンだ。

「ねぇねぇ淡雪ちゃん！　これ見て！」

「はい？　どうしましたか？　……って、ぇ？」

そんなことを考えながら水着を眺めていると、お店の奥から一着の水着を持って光ちゃんが傍《そば》に戻ってきた。

だが、その水着を見たとき、しばらくの間私の理解が追い付かなかった。

それは黒色のビキニタイプの水着であった。それだけならセクシーな水着程度で私も理解できただろうが、問題はその布面積だ。

胸部はかろうじて見せてはダメな部分を隠しているだけであり、下部はTバックというよりもはや全体が紐《ひも》だ、恥部周辺のみかろうじて布が存在している。

これは——ああ、やっと理解が追い付いてきた。そうだ、私が知る限りそれはマイクロビキニというやつだ、しかもかなり過激な方の。

そう、あのどう考えても普通のビーチで着る用ではないあれだ。

「この水着すごいね！　きっと着用した人が泳ぎやすいように極限まで布を削《そ》いでいるんだよ！　……あれ？　でもこれ、泳いでたら簡単にずれちゃわないかな？」

そして光ちゃんはその水着を自分の前に掲げて、体に合わせるようにしている——。

こっ、こっ、こっ、こっ！

「こらあああぁぁ――‼　やめなさーい‼‼」

思わず声を荒らげて水着を取り上げる私。

藍子さんの言っていた支えが必要の意味がなんとなく分かった私なのだった。

というかこのお店なんでこんな水着置いてあるの……。

「後は駅についてお互いの帰路へって感じですね」

「いや～楽しかったね！　絶対また遊びに行こうね！　今度は三期生みんなでとかもどうよ？」

「いいですね、絶対楽しいですよ」

：てぇてぇ

：いいぞ、もっとヤれ

：楽園はここにあった

：光ちゃんの謎ルールの件めっちゃ草だった

：ひかるーる

：途中計算は間違ってるのに答えはあっている数式みたいな

・光ちゃんの友人A氏のライバー実装はよ

途中、少し藍子さんの名前など配信で言えない部分は伏せたが、これで当日やったことのほとんどをリスナーさんと共有できたと思う。

いい服もたくさん買えたし、光ちゃんとの関係に大きな一歩を踏み出すことができて、私は大きな充実感を覚えながら、配信は終了となった。

「こんばんは♡　皆を癒《いや》しの極致に案内するちゃみお姉さんが来たわよ」

艶がありながらもいやらしさを感じさせすぎない、まるで月の光のように繊細な声がマイクを通して配信に届く。声の主は挨拶にもあった通り柳瀬《やながせ》ちゃみ、ライブオン三期生だ。

美しさとダメダメさのギャップを持ち、更にそのギャップを笑いだけではなくかわいさ、時には気持ち悪さなどの要素に繋げるという変幻自在な配信スタイルが特徴の彼女。

なお変幻自在であると同時に制御不能でもある点は、これだけの要素を積み込みながら彼女の代名詞をポンコツとしてまとめ上げている見事に残念な点と言えるだろう。

どこか危険な色香を漂わせる恵まれた外見を持ちながら、ライバーになっていなかったらこの子まともに生活できていたのかな？　と心配すらしてしまう違う意味で危険な色気も内面から放つ彼女。

ライブオンの中でも特にコアなファンが多いライバーでもあり、同接数の安定感は随一だ。今日も多くのリスナーが彼女の配信へと訪れていた。

「今日はカステラ返答をやっていこうと思うわ。ふふっ、本当に毎日何件もカステラが届くのよ？　そんなに私のことが知りたいなんて、皆かわいい子たちね？」

：返答あざす！

：**おまかわ　￥610**

：なんか無性にツッコミ入れたくなったけど、まだ入れられる点なかった、不思議

「それじゃあ一通目いくわね」

@ちゃんと加湿器に水は入れていますか？@

「これは……逆になんで質問したのかしら……？　加湿器って水を入れて使うものでしょう？」

：ちゃみちゃまは当然のことができてないと思われてるんやで

：草

：え、あれって水入れて使うの？　起動すれば自動で加湿してくれるんじゃないの？

：どこから水を生み出すんだよ

：→ニキ自然発生説信じてそう

「あら、失礼な人がいるわね！　私なんか特に喉の調子に敏感だったりするから、ケアの

ために加湿はしっかりしているのよ？　加湿器もかなりいいの使ってるし、ふふん」
：ちゃみちゃんはそんな気がしてた
：さすが声フェチ
：ごめん、加湿器と間違えてサウナ買ってそうとか思ってた
：それは本当に謝れ
「というかね、むしろ加湿器は大好きなくらいなのよ。なんだか私の孤独を癒してくれる存在なの」
：は？
：??
：え、なに言ってるのちゃみちゃま……？
「あら、皆分からないのかしら？　加湿器って製品によって多少違いはあると思うけど、私のはタンクに水を入れてセットしたらね、数時間ごとにタンクの水がトレイに移る音が聴こえるのよ。どくどくって感じの水音なんだけどね。あの音がね、ああ、今日も頑張って動いててかわいいなぁって思うの」
：??
：????
：ボッチこじらせすぎて加湿器をペットだと思い始めてない？

：草草の草
：水は入れるけど使い方は間違ってるやんけ！
：加湿器になってちゃみちゃんに愛されたい
「えー？　ほら、タンクに水を補給するときなんだか微笑《ほほえ》ましい気分になる感覚とか、皆も分かるでしょ？」
：だから餌やりじゃないのよ
：分からねぇよ
：シュワちゃんとは違うベクトルでイカれてて草
：シュワちゃんも加湿器でなんかやったん？
：試しにタンクにスト○○入れて動かしたら加湿器壊れたらしい
：ええ……
：どうして入れようと思った……
：部屋中をスト○○のフレーバーで満たして鼻から摂取しようとしたらしい
：加湿器を過失した女
：メーカーがスト○○を入れないでくださいって注意書きしないのが悪い
：入れようとする人が想定できねぇよ

「やっぱり加湿器には魅力がいっぱいね！」

@ちゃみちゃんはおっとりした印象がありますが、最近怒ったこととかはありますか？@

「うーんそうねぇ、まず第一におっとりじゃなくて余裕があると言ってほしいわね」

：はいはい

：そっすね

：ちゃみちゃまちょ～よゆ～

「なんか皆バカにしてないかしら⁉　ま、まぁいいわ、そうねぇ……あ、あるわよ最近怒ったこと！　あれは本当に許せなかった！」

：お、意外

：マジで怒ってるトーンだ

：ちゃみちゃんを怒らせるとかなにしたんだ

「あのね、その日はね、更なるASMRのクオリティを探求しようと思って、ヨーチューブでひたすらいろんな人のASMRを聴いていたの。そしたらね、探求とは言ってもどうしてもお耳が幸せになって眠気が襲ってきたのよ。そんなとき……出たのよヤツが」

：ヤツ？

：なんだなんだ？

「あの衝撃を皆にも体験してもらいたいから、皆は自分がうとうとしながらASMRを聴いているってイメージして。私がASMRのセリフを再現するから」

：ドキドキ

：おk

：はーい

「いい？　それじゃあいくわよ、こほん」

ちゃみは一つ咳《せき》ばらいを入れた後、セリフを読みあげ始めた。

「どう？　痛くない？　私耳かきなんて初めてでさー……ぅぅ、少し怖い……ん？　気持ちいい？　ならよかった、えへへ。……うーん、なんかね、暗いのが怖いんだよ、耳の奥が暗くて見えにくい……あ、そうだ、ちょっとメガネかけていい？　うんメガネ、そこまで視力悪くないんだけど、家で細かいことするときはかけるの。いい？　ありがと。えっと、それじゃあメガネをかけまして楽○カードマァアアアァアンンン‼‼」

：ファ⁉

：びっくりした……

：急になに⁉

：草www広告ねwww

：なるほどwww

：**素晴らしい演技代　¥10000**

「そう広告！　もう私イヤホン着けて大音量で流してたからあまりの驚きで飛び起きちゃって！　メガネはかけていいけど楽○カードマンになっていいとは言ってなーい‼　ってしばらく激怒してたの！」

：怒り方かわいい

：そんなコピペみたいな体験するとは、流石《さすが》ライブオン

：ムムッ！　シチュエィションヴォイス！　楽○カードマンのお耳クリア！

：誰得動画やめろ

：耳垢《みみあか》とったらクリアって叫びそう

：ゴオオオォォォ――ルって叫びながら鼓膜突き破ってきそう

：レッドカードだよ！

「本当に勘弁してほしいわ！　興覚めもいいところよ全く！　ムムッ！」

：ムムッじゃないんよ

：PRとしてはあれは大成功なんじゃないかな

：記憶に残ることが大事だからなー

「もうこの話はイライラしちゃうからおしまい！　次のカステラ行くわよ！」

＠人狼《じんろう》お疲れさまー！　できれば感想とか聞きたいです！　あと、エーライちゃんとのオフコラボめちゃ期待!!!＠

「カステラありがとう。人狼ね、丁度感想とかしたいなって思ってたのよ！　あっ、でもネタバレとか交じっちゃうから、人狼の配信見てない人の中でネタバレ嫌って人がいたら、申し訳ないけどミュートとかしてもらっていいかしら？」

：大丈夫！

：いいよー！

：神回だったから皆見よう！

「……うん、それじゃあ話していくわね。もうね、楽しかったけど心臓に悪いのよあのゲーム！　一回戦で人狼役になった時はぶっ倒れるかと思ったわよ！　なんでいきなりよりによって私なのって！」

：人狼は嫌人狼は嫌人狼はいやあああぁぁ人狼は嫌なのおおおぉぉぉ!?!?

：→当時のちゃみちゃんの再現で草

：それ『ちゃみちゃん、念願の人狼役ゲット』ってタイトルで切り抜かれてたのまじで笑った

：念願とは
：まさか大活躍するとは、絶叫の時誰も思わなかっただろう
：それより最後の組長の方が予想できんかった笑
「意外なところで人見知りが役に立ったわね。光《ひかり》ちゃんには通用しなかったけど……光ちゃんはあまりに純真だから、からめ手は逆に悪手だったのでしょうね。……実は見つけて貰《もら》えてちょっと嬉《うれ》しかった部分あったし、うふふ。エーライちゃんとも仲良くなれたし、終わってみれば人狼役になれてよかったわ」
：てぇてぇ
：１人だけ超能力バトルしてたの草だった
：**お疲れ様！　￥１０００**
：俺もエーライちゃんとのオフコラボ期待してます！
：組長マジ組長だった
「そうコラボ！　もうだいぶ計画が固まってきてるの！　私も楽しみ！　……エーライちゃん、本当にかっこよかったなぁ……はぁぁ～……」
：声が完全に堕《お》ちてる
：え、もしかして惚《ほ》れた？

：危険なにおいがしたぞｗ

「そ、そこまでじゃないわよ！　コラボの時だって、ちゃんと先輩としてリードしてみせるわ！　うふふ、むしろエーライちゃんの方が私に惚れちゃうんじゃないかしら？」

：はいはい笑

：意外と早くコラボ見られそうでよかった！

この後、続きのカステラ返答をこなしながらも、ちゃみはエーライとのコラボのことをずっと考えていた。慎《つつ》ましくも未来への期待を抱かせる花の蕾《つぼみ》のように。

人見知りのちゃみにできた嬉しい後輩との縁。ちゃみは先輩としてエーライと交流を深めることができるのだろうか？

この配信の翌日、エーライとちゃみのオフコラボの日程が正式に告知された――

第三章

ちゃみちゃんの様子が……

「……まだかな」

いつもなら配信中である夜の十時。私は布団《ふとん》に体を預け寝転がりながらも、落ち着かずにソワソワと何度も寝返りをうちながらスマホの画面を凝視していた。

今日は配信を休んだわけではなく、普段より配信時間のダイヤを丸ごと前倒しし、終了の時間を早くさせてもらった。

その理由はスマホに表示されているちゃみちゃんの配信待機画面にある。

配信のタイトルは『エーライちゃんと2人でASMRオフコラボ！』。そう、人狼の時に約束していたこの2人のコラボが、もう実現されることになったのだ。

あの人見知りのちゃみちゃんが自分から勇気を出して誘ったオフコラボ……ちゃみちゃ

んと後輩とのオフの絡《から》みが楽しみやら、あのちゃみちゃんのことだからなにかとんでもないPONをやらかさないか心配やらでドキドキが止まらないため、絶対にリアルタイムで見たかった。

ASMRということもあり、なんとか落ち着こうと布団にもぐりイヤホンと共に配信の開始を待っていたのだが、勿論《もちろん》眠気なんて皆無。激しく高鳴る心臓の音が耳に聞こえてきそうである。

もはや気分は我が子の運動会を見守る母親だ。還《かえる》ちゃん？　知らない子ですね。

「ッ！　始まった！」

いよいよ画面が切り替わる。配信開始だ、ちゃみちゃん頑張れ！　応援してるぞ！

「…………あれ？」

２人のアバターが表示されて表情とかも動いているのに、なぜかしばらく声が聞こえてこない。

まさか――機材トラブル？　いやヨーチューブ君の不調か？

『あっ、えっと』

出だしから思わず私まで焦《あせ》ってしまったが、エーライちゃんの声が聞こえてきたことで一安心できた。

まだASMRマイクではなく通常のマイクのようだ。

『や、やっほー！　みんな～！　元気ですか～ですよ～。お待たせしました、エーライ動物園園長の苑風《そのかぜ》エーライですよ！』

：組長！　お待ちしておりました！

：殺法（やっほー）！

：殺法、自らの道を突き進む組長らしい素晴らしい挨拶ですね！　感動しました！

：**こちら本日の上納金になっております　￥50000**

：上納金は草

：なにやってる！　お前らも早く出せ！　ライオンの餌にされるぞ！

：本人は一切催促とかしたことないのに、リスナー間で謎のスパチャ文化が形成されるせいでスパチャ額がトップクラスの組長すこ

珍しいコラボということもあり既に同接がえげつないことになっている。当人ならプレッシャーすら感じる人数だ。

幸いエーライちゃんはかなり頭が切れる逸材、ちゃみちゃんのこと任せたよ！

そう手を組みながら願い、いざちゃみちゃんの登場を待っていたのだが……あれ？　また無言の空間になっちゃったぞ？

『……あの～ちゃみ先輩？　そろそろ挨拶をお願いしたいのですよ～！　そもそも予定では先輩が先に挨拶するはずだったのですよ～』

：ちゃみちゃーん？

：相変わらずの人見知り具合で草

：今日もちゃまってんなぁ

：やはり後輩との初オフコラボは緊張するか

：園長助けてあげて！

『いや、これは多分人見知りではなくて……』

コメントを見てなるほどと思いさっそく心配してしまったのだが、エーライちゃんの様子を見るに人見知りとはどうやら事情が異なるようだった。

『あの、ちゃみ先輩？　もう配信開始しているので挨拶をお願いしたいのですよ～』

『エーライちゃんかっこいいね……』

『いや、だからそうじゃなくて……』

『……………ん？

『ちゃみ先輩、だから挨拶を』

『ちゃみって呼んで？　呼び捨てにしてほしいの』

『いや、だから先輩にそれは恐縮なのですよ……そんな熱い視線を向けられても困る……あと話を聞いて挨拶をしてほしいのですよ……』

『んんんん～～エーライちゃん～～～』

『あの、抱きつかれても困るのですよ……』

んんんんんん⁉⁉

：ファ⁉

：ゑ？

：なにが起こっているんだ⁉

：どういう展開⁉

：これは予想外すぎる

コメント欄も私も驚きのあまり脳の理解が追い付いていない。

状況を整理しよう。人狼をきっかけに仲良くなり初のコラボ、しかもオフコラボが決定した2人。いざ配信が開始され、なぜかあの極度の人見知りであるちゃみちゃんが挨拶すらせずにエーライちゃんに蕩《とろ》けたような声で甘え、抱きつき、エーライちゃんはそれをいかにも苦笑いといった反応。

――いやいや、整理してもまるで意味が分からんぞ！

やばい、冗談抜きで混乱してる、あれだけソワソワしていた体もピタッと停止してしまった。

やがてやってくるのは滝のように体に流れる冷や汗。布団に包《くる》まっているはずなのに嫌な予感が体の芯から噴き出し寒気が止まらない。

私はその寒気から逃れたい一心でなんとか手を動かし、コメントを打ち込む。

〈心音淡雪《こころねあわゆき》〉：SEXした？

『それだけはないので安心していいのですよ～』

：淡雪ちゃん……

：氷タイプかと思ったら草タイプだった女

：ユキ〇オーでしょ

：なんだしてないのか……

落ち着いたエーライちゃんのツッコミに少しだけ安心したが、じゃあちゃみちゃんの人が変わったようなこの状況はどういうことかという最大の謎は残っている。

一体何が起こっているの……？

『あっ、淡雪ちゃん！　ねぇねぇ聞いて！　私ね、エーライちゃんの女になったの！』

『ちゃみ先輩⁉』

今度は手が凄《すさ》まじい速さで動く。その様はスマホ版閃光《シャイニングフィンガー》の指圧師の如《ごと》き。

〈心音淡雪〉：母乳プレイの予約入れてもいいですか？

：先見の明やめろ

：既に孕《はら》んでるの前提になってて草

：火の玉ストレートの次は変化球とか懐《なつ》かしのロビカスかよ

〈彩《いろどり》ましろ〉：あわちゃんかシュワちゃんか分からないけど、とりあえず落ち着いてー落ち着いてー

「は⁉」

そ、そうだ、今日の私は見守る立場のはず！　なぜ酔ってもいない状態なのに思考を放棄して下ネタを言っているんだ私は！

あまりに予想外の出来事が起きるとシュワの人格に逃げる癖があることを最近やっと自分でも自覚してきたからな、気を付けなければ。

〈祭屋光《まつりやひかり》〉：ちゃみちゃんエーライちゃんの女になったの？　どゆこと？

あ、光ちゃんまでいる。三期生勢揃《せいぞろ》いだ。やっぱり皆ちゃみちゃんのこと気になっていたんだなぁ。

『あの、女になったうんぬんは誤解と言うか……ちゃみ先輩、ちゃんと皆にも経緯を説明

してほしいのですよ～』

『そうね……きっかけは皆で監禁人狼《じんろう》をやったときよ』

ちゃみちゃんはまるで大切な思い出を噛《か》みしめるかのように話しはじめる。

『エーライちゃんと人狼になって……結果は負けちゃったけど、エーライちゃんがこんなポンコツな私にも大事な仲間という立場を最後の最後まで貫いてくれたのが、すごく嬉《うれ》しかったの』

なるほど、ここまでは完璧に理解できるな。これがきっかけになってちゃみちゃんが勇気を出してオフコラボに誘ったことに感動したからこそ私もここにいるのだ。

『それでね、なぜかその人狼コラボの後もずっとエーライちゃんのことを考えると胸の高鳴りが収まらなかったの。最初はオフコラボの緊張でドキドキしているのかと思ったけど……実は今日エーライちゃんと会ったときに一悶着《ひともんちゃく》あって、その時気づいちゃった』

『あ、あれも話すのですよ？』

『当然よ！　あのね、エーライちゃん私の家の場所が分からないと思って、最寄りの駅で待ち合わせして家まで案内することになっていたの。でも私遅れたらいけないと考え込みすぎて、予定の時刻よりかなり早く着いちゃったのね。だから駅前で棒立ちで待ってたんだけど……暇してると思われたのか男の人にナンパされちゃって……』

ああぁ……すっごい鮮明に光景が頭に浮かぶなぁ……。ちゃみちゃん一見大人っぽいようでかなり隙だらけだから、ナンパ以外でも声をかけられることが多そうだ。

『いつも私こういうのは全力で走って逃げだすんだけど、その時はエーライちゃんがもうすぐ到着するはずだからその場を離れるわけにもいかなくて、もう私混乱のあまりキョドりにキョドりまくり……男の人もその様子を見て押し切ればいけると感じたのか更にグイグイくるしで、頭の中が真っ白になっちゃったの』

『あ、あの～、もう大体オチが想像できている方が大半だと思うのでやめにしないですよ～？』

『なに言ってるのここからが本番なんじゃない！　皆聞いて聞いて！　そんなときにね、1人の女性がすっと来てね、私の手を引き体を胸に抱きしめてこう言ったの――』

『あっ、あっ、おおおお前ら全員耳切り落とせ！　組長命令じゃあああぁぁ！』

『「ごめん、その子私の女だから」ってね！』

『あああああぁぁ――‼　言ってない！　そんな気持ち悪いほどかっこつけた声で言ってない！』

『言ってたわよ！　なんなら今のより何千倍もかっこよかったわ！』

ふむふむ、つまりはこういうことだな？

〈心音淡雪〉：私とスト○○との出会いと似たようなものですね！
：は？
〈彩ましろ〉：は？
：お前スト○○なのに場を氷結させてどうすんだよ
：スト○○なのにってなんだ笑
：エーライちゃんちょっと組長出てて草
〈心音淡雪〉：今日はお酒飲んでないのに……
：飲んでなくてあの発言の方がやばいんだよなぁ
『もうね、その時気づいちゃったの。私のこの胸のドキドキはエーライちゃんの女になりたかったからだったんだって』
『今思うと駅で待ち合わせにしたのが最大の過ち《あやま》……位置情報送ってもらうとかでどうにかしておけばここまでちゃみ先輩がおかしくなることもなかったかもしれないのですよ……』
『うふふ、エーライちゃんがナンパから助けてくれたのが私とか、きっとこれは運命ね』
『いやいや、待ち合わせ場所での出来事だったし、あんなキョドキョドしてる人ちゃみ先輩ぐらいしかいないので一目で分かったのですよ……』

『んんん〜むぎゅううううぅぅぅ‼』
『だ、誰か助けてほしいのですよ〜』
：かわいい
：チョロインちゃみちゃま
：いや、これは組長がかっこよすぎただけだ
：実際同じシチュエーションに遇《あ》ったら惚《ほ》れる気しかしない
〈祭屋光〉：つまりあれだよね！　もっと仲良くなったってことだよね！
『そういうこと〜』
『いやいや、それにしたって距離感バグりすぎですよ！　人見知りの人がオフの初対面でする距離感じゃないですよ〜！』
『確かにそれはそうね……なんというか、エーライちゃんなら受け止めてくれるって安心感があるのよ。だから普段人に触れていない人肌恋しさが爆発しているのかもしれないわ』
『そんなだからちょろいって言われるんですよ〜』
『……抱きついたらだめなの？』
『うう……そんな目で見られても……まぁ抱きつくくらいならいいのですよ』

『やったぁ！』

：相性がよかったんかな
：エーライちゃん組長なだけあって器が大きいからな
：組長って将来刺されてそうだよね、色んな意味で
〈心音淡雪〉：結婚したのか？　私以外のヤツと……

〈彩ましろ〉：あわちゃんは最初は安心感があっても段々身の危険を感じてくるからじゃない？

〈心音淡雪〉：酷《ひど》い！

『あのですね、ちゃみ先輩が勝手に言っているだけで私は結婚以前に恋人にもしたつもりはないのですよ！』

『うんうん、それでいいのよ。私はエーライちゃんの舎弟とか側近とかマイクとかそういう立ち位置でいいのよ』

『また変なこと言い出してる……マイクは本格的に意味が分からないし……も～！　前置きが長い！　そろそろ本題のASMR配信に入るのですよ～！』

　そう言って無理やり会話の流れを変えるエーライちゃん。

でも……こんな状況でまともな配信なんてできるのだろうか……？

『ほらちゃみ先輩！　今日はASMR教えてくれるはずだったのですよ！　いつまでも抱きついてないで準備をしてほしいのですよ～』

『ううう……準備したら褒めてくれる？』

『はいはい、うんと褒めてあげるのですよ～。だから今は我慢なのですよ～』

『はぁい……それじゃあ機材取ってくるわね』

私の心配をよそにうまく言いくるめてちゃみちゃんをコントロールするエーライちゃん、流石《さすが》の対応力だ。

ちゃみちゃん、今ならまだまともな配信に引き返せる！　しっかりするんだよ！

：完全に先輩後輩逆転してるやん

：ちゃみちゃんは小学生相手にも先輩できなそう

〈祭屋光〉：それじゃあ私も丁度いいからお手洗いにレッツゴーー！

：行ってらっしゃーい

：俺もトイレ行くか～

：行ってらっしゃーい

：んじゃあ俺はオ○ニーしてくるかな

：イってらっしゃーいってやかましいわ！
〈彩ましろ〉：あわちゃん、時には自重も大切なんだよ
〈心音淡雪〉：なんで私⁉
：淡雪ちゃんや、酔っ払いは黙ってトイレにでも行ってきなさい
〈心音淡雪〉：だからなんで私が悪いみたいになってるんですか⁉　あと酔っ払ってないし！

『今日はですね～、すっごい本格的なASMR用のマイクを紹介していただける予定になっているのですよ～！　なんと、ダミーヘッドっていうやつで、形状が人の頭部を丸ごと模した真っ黒な模型になっていて、その耳にマイクが付いているらしいのですよ～！　人の耳元に話しかける要領で臨場感のあるASMRができるとか！　こんなものまで家にあるなんて、ちゃみ先輩の音へのこだわりはプロフェッショナルなのですよ～！』

あ～、確か前にちゃみちゃんの家にお邪魔してコレクションを見せてもらったときにそんなのもあったなぁ。

いいねいいね、ここからASMRの極意をエーライちゃんに伝授していく流れを作れば、企画倒れにならずに済む！　さぁ、開幕の流れを断ち切るのだちゃみちゃんよ！

『あっ、戻ってきたのですよ～、ちゃみ先輩おかえ……』

『ふぁふぁふぃあえーあいふぁん（ただいまエーライちゃん）！　ふぁっふぃりふんびひてひたふぁお（ばっちり準備してきたわよ）！』

『…………』

『ふぁあえーあいふぁん（さぁエーライちゃん）！　ふぉのふぁいくにあなふぁのあまいふぃふぇいをふぁふぁやいえふぉうふぁい（このマイクに貴方の甘い美声をささやいて頂戴）！』

『スッ――――…………』

バタバタと足音と共に帰ってきたちゃみちゃん。

しかしなぜか聞こえてきたその声は、いつものライバー屈指の美声と音質環境の両方が合わさった天上の声とは正反対の、まるで口を何かに塞がれているかのような、何を喋《しゃべ》ったのか聞き取ることすら困難なほど籠った声だった。

傍《そば》に居る為《ため》何が起こっているのか分かっているはずのエーライちゃんも一切言葉を発しない。息をのむ音だけだ。

だが、ライブオンのカオスな環境に1年近く所属し、身も心も汚染されてしまった私には、この少ない情報のヒントからでもちゃみちゃんがどんな状況なのかが予想できてしまった。

そう、『できた』のではない、『できてしまった』。

ちゃみちゃん……あぁ……そんな……ちゃみちゃん……ッ。

『ふぉーふぃふぁのえーあいふぁん（どうしたのエーライちゃん）！　ふぁやふふぉのふぁいくに（早くこのマイクに）！　ふひひるふぁふえるほおふぇろふぉりで（唇が触れる程ゼロ距離で）！　ふぉののおのしんふぉうふぉふぉうふぁいのふぇんふぁふのおふぉをふぁふぁふぃふふぇふぇ（その喉の振動と口内の粘膜の音を叩《たた》きつけて）！』

『……え～皆さん、質問したいことがあるのですよ～』

『はぁ！　はぁ！　はぁ！　はぁ！』

『マイクを取りに行ったはずの先輩が、突然頭に黒タイツを被《かぶ》りながら呼吸を荒くしている変態さんになってやってきた時はどうするのが正解なのですよ～？』

ちゃみちゃんんんんん――――‼‼

::草
::ちゃみちゃん自身がマイクになることだ
::そういうことかwww
::そこまでして欲望を叶《かな》えたいか！
::とりあえず後頭部にツッコミ入れればいいんじゃないかな笑

もうほんとおバカ！　なんでこの子配信を立て直せる大事な時に欲望に走っちゃったの！　頭に黒タイツ被ってもダミーヘッドマイクと勘違いされるわけないでしょ！

『ほーらちゃみ先輩！　バカなことやってないでマイクの準備してくる！　さっさとそのタイツを脱ぐのですよ〜！』

『むぐうゔゔゔ‼　えーあいふぁんふぁいふひっふぁああいで（エーライちゃんタイツ引っ張らないで）！　あふぁまふぉえる（頭とれる）！　ゆっふりふぁみふぁんになっふぁう（ゆっくりちゃみちゃんになっちゃう）！』

〈祭屋光〉：楽しそう！　私もタイツ被ってちゃみちゃんと引っ張り合いっこする！

〈彩ましろ〉：それはもう本格的に芸人さんのやることなんだよ
：Ｖ界の最低値を更新し続ける箱
：プロフェッショナルはプロフェッショナルでもお笑いの方面だった模様
スポンッ！

『はい取れた！　もうちゃみ先輩！　反省してください！』

『はぁ……はぁ……え、エーライちゃん』

『ん？　どうしたのですよ？』

『が、頑張ったから褒めて』

『しばくぞ』

『あああああぁぁ――！！！　今のドスが利《き》いた声良《い》い‼　耳元でもう一回言って‼』

『こいつヤバイ……もう帰りたいのですよ……ほらっ！　さっさとマイク取ってくるのですよ！　というかこうなったら私も一緒に行くのですよ！』

なんとか企画を回そうとちゃみちゃんと共にフェードアウトしていくエーライちゃん。

静かになった配信をよそに、私は天井を見上げ晴れやかな笑みを浮かべるのだった。

あぁ――この配信もうだめだ！

『え、これもうASMRになっているのですよ？』

『ええ、もうなっているわよ。いつも通りの喋り方だとリスナーさんのお耳がキーンってなっちゃうかもしれないから、小声か囁《ささや》き声《ごえ》にしてね』

度々暴走しそうになるちゃみちゃんをなんとかエーライちゃんが抑えてくれたおかげで、ようやくマイク設定まで完了したようだ。耳にはASMR独特の繊細な音質で声や環境音が聞こえてくる。

普段だったらこのようなASMRマイクは目を閉じたりしてリラックスしながら聴くの

だが、この配信に限っては一切の油断は許されない。なぜかと言うと……。

『あー、あー、聞こえていますか～？　エーライ園長ですよ～』

『あああああぁぁぁ聞こえる‼　鼓膜を通りこして脳内の中枢神経まですっごく聞こえているわよおおおおおぉぉ――‼‼』

『やぁかましいわあああぁぁー‼　さっきの自分の発言思い出すのですよ～‼』

こういうことがあるからである。

今のちゃみちゃんはエーライちゃんへの恋？　によって完全に盲目状態。やることなすこと全てが予想不可能な変態音フェチＰＯＮＰＯＮ女である。常に配信画面を凝視し、あらゆる奇行を想定しなければいけない。

：お耳がキーンってなりました。実演ありがとうございます
〈祭屋光〉：びっくりした……聴覚への攻撃とはちゃみちゃんやるな！　かっこいいぜ！

：ちゃみちゃんの声にもビビったが組長の囁き声にもビビった……背中にドス突きつけられたのかと思った
：背筋ゾクゾクASMR（恐怖）は草
：癒《いや》し系の声なのが逆に怖い……ちゃみちゃん助けてくれてありがとう……

『なんでコメント欄はこんなにちゃみちゃんの味方が多いのかさっぱり分からないのです

よ～……』

『はぁ……はぁ……エーライちゃんが悪いんだよ？　そんなエッチな声で誘惑して……押し倒すわね』

『私これでもかなり肉弾戦は自信あるのですが、それでもやるのですよ？』

『それはつまり押し倒してくれるってことね？　言葉責め多めでお願いするわ！』

『ラーメン屋の注文かよ……もうガムテープでこいつの口を塞いでやりたいのですよ～！』

：そうだそうだ！　組長はワルなだけで悪くはないんだよ！

：三大原作で言ってないセリフの一つきたな

：エーライちゃん肉弾戦強いの解釈一致すぎて草

：多分護身術とかじゃなくて喧嘩《けんか》技なんやろなぁ

：電子レンジに相手の顔面突っ込んだりしそう

『しまった、ツッコミに気を取られていないで、私が企画を回さないといけなかったのですよ……えーと、最初は咀嚼《そしゃく》音をやってみるのですよ～！　ちゃみ先輩！　用意するのですよ～！』

『任せて！　ぴったりの食べ物を選んできたわ！　すぐにとってくるわね！』

『こんな時だけテキパキ動くのだから困ったものなのですよ～……』

咀嚼音かぁ。そういえばちゃみちゃんがたまーにやってるのを聞いたことがあるかもしれないな。

食べる音がASMRマイクに拾われると結構センシティブな聞こえ方をしたりするんだよね。

普通なら聴いててドキドキするはずなのだが……不思議と嫌な予感しかしない。

『ただいま！　取ってきたわよ！　ほら、みたらし団子よ！』

『ほぇ～、なるほど！　確かにこれはいい音がなりそうなのですよ～！』

『これをマイクに近づけて、よく噛《か》んで食べてみて！』

『はいなのですよ！　それじゃあいただきま～す』

エーライちゃんが団子を口に含み、噛むと、なんとも形容しがたいが思わず顔が赤くなってしまう音が聞こえてくる。

ここまで音を拾うマイクだと、マナーよく音を立てない人の咀嚼音でも容赦なく拾うんだよね。

ようやくASMRらしい配信が見られて感動していたのだが、ここにまたもや魔の手が迫る……。

『はぁ！　はぁ！　じゅるり！　あはぁぁぁぁぁ……！　はぁ！　はぁ！　たまんねぇ！』

〈心音淡雪〉：おいそこの性癖すっPONPON女黙れ！　エーライちゃんのお口の音が聞こえないだろうが！

〈彩ましろ〉：ブチギレ自称清楚《せいそ》サブカル変態女怖い

：同期間で容赦のない罵声が飛び交う！

：ASMRで黙れは草

：ちゃみちゃん「たまんねぇ！」って言うの好きだな

外野から聞こえてきた息を荒くした変態の声に赤かった顔が一転して真っ青になり、慌ててコメントを打ってしまった。

ASMRを教える立場が邪魔をしてどうする……。

『そ、そうね淡雪ちゃん。エーライちゃんの咀嚼音に雑音が入るのは私も嫌だから、口を手で押さえて全力で我慢するわ！　エーライちゃん、もう一回お願い！』

『了解なのですよ〜！　はむっ、もぐもぐ……』

『――――――ッ！』

『……んふふっ、なんかこれ……結構恥ずかしいのですよ…………はい！　食べ終わったのですよ〜！　もう手を外しても大丈夫ですよ〜』
『はぁ……はぁ……はぁ……はぁ……ねぇエーライちゃん』
『ん？　どうしたのですよ〜？』
『…………する？♥』
『しねぇよ⁉　後輩が団子食ってるの見てなに欲情してんだゴラァァァァ‼』
『あ、切り抜き班の人！　リピートしまくりたいから今のエーライちゃんの咀嚼音のところ切り抜いて頂戴！』
『はぁ⁉』
：任せろ
：受注生産で草
〈祭屋光〉：食べる音がいいの？　なんで？
〈彩ましろ〉：おいしそうに食べてるのって見てるとこっちまで嬉《うれ》しくなるでしょ？　そういうことだよ
〈祭屋光〉：なるほど！
：ましろんナイス
：最近ましろんが三期生の保護者になってる……

：ましろんママ⁉　俺だ！　バブバブされてくれ！

：ママましろん！　ママママましろん！　ママママママママママ
　そして咀嚼音の次は心拍音へと移り――

『えっとねエーライちゃん。軽く服をはだけて、胸元をマイクに当ててみてくれる？』

『服をはだける⁉　え、胸を出すってことですよ⁉　配信のノリでなに服を脱がそうとしているのですかこの変態先輩！』

『あのね、服ごと当てちゃうと布がこすれる雑音が入ったりするのよ。なにも丸ごと出せってわけじゃなくて軽くはだけるだけでいいの。私は目を閉じているから、ね？』

『嘘《うそ》……とかではなさそうなのですよ』

『エーライちゃんの胸が見たいか見たくないかで言えば見たいけれど、それ以上に私は心臓の音を！　エーライちゃんが生きている証《あかし》を聴きたいのよ‼』

『目が血走ってて怖いのですよ……これが声フェチというか、音フェチガチ勢か……』

『ねぇはやくぅ！　はやくエーライちゃんの一番大切な音を聴かせて？』

『え、キモイ』

　エーライちゃんは文句を言いながらも、やる決意が固まったようだ。ガサゴソとした音が聞こえてくる。

ここばかりはちゃみちゃんナイスと思ってしまったのは内緒。

『じゃあ……当てるのですよ』

『ええ、お願い』

少しの無言の間の後、ここまでエーライちゃんの声が聞こえてきていた左耳に、ドクン、ドクンと低音の打楽器の籠ったような音が聞こえてくる。静かな音とはいえないのにやけに落ち着くのは人の本能故だろうか。

ペースは……少し速めかな。

『うっわぁ、鼓動速いのはずかしいのですよ……慣れないことで緊張しているのかな』

『……』

『あ～いぃ……エーライちゃんの心臓、頑張って血液ピュッピュッってしててかわいいわぁ』

『……』

『ッ⁉ 反応がマジもんのサイコパスみたいで心臓止まるかと思ったのですよ！』

:心拍音が銃声とかじゃなくてよかった。ちゃんと組長も人間やったんやな

:体の中で抗争起こってますよってツッコミ用意してたのに使えなくて残念

:**働く細胞ならぬ闘う細胞　￥10000**

:赤血球と白血球が常に死闘を繰り広げてそう

：赤組と白組か、運動会かな？
：二つの意味で血の運動会ってな
：みんな園長のこと人間だと思ってなくて草
：俺は恐怖の概念だと思ってる
：ちゃみちゃんのサイコパス発言の後、本当に一瞬心臓止まった後鼓動速くなったのマジで草
：同族を発見してキュンときちゃったんでしょ
：でも正直落ち着く。組長だとか言われててもやっぱりエーライちゃんにはママみを感じるんだよ
：俺はあの牛みたいにでかい胸を当ててると考えると興奮してきた
：あのお胸のサイズでこの音の大きさってことは、ましろちゃんとかだともっとはっきり聞こえるのかな？
〈彩ましろ〉：は？　お前名前覚えたからな
〈心音淡雪〉：ましろん落ち着いて……
〈祭屋光〉：心拍音に合わせて腕立てやるぞ――！
：コメントと配信それぞれで地獄を作らないでｗ

『も、もういいですよね？　恥ずかしいのでこれで終わりなのですよ！』

『ああそんな⁉　あと100年くらいは聴いていたかったのに‼』

『途中で心臓止まるわ‼　ああもう！　なんだか私ばっかり恥ずかしい思いして不公平なのですよ！　ちゃみ先輩もやるべきだと思うのですよ！』

『ええ？　私もやるの？』

『先輩たるもの、後輩にお手本を見せて然《しか》るべきだと思うのですよ～』

『まぁいいけれど……でも、ちょっと今はやばいかもしれないわよ？』

『やばい？　どういうことですよ？』

質問には答えず、慣れた手つきで胸をマイクに当てる準備をするちゃみちゃん。

そして右耳に心拍音が聞こえてきたのだが……。

ドドドドドドドドドドドドドドドドド‼‼‼

『ね？』

『え、心臓にY*SHIKI住んでる？』

「ブフッ⁉」

２バスのドラムのような爆速テンポで聞こえてくる心拍数とエーライちゃんの語尾を忘れたガチツッコミに噴き出してしまった。

：草　￥2000
：組長は＊JAPANも好き、メモメモ
：動物園の園長ならハムスターの心音みたいとか言わなきゃだめなのよ……

：ライブでめっちゃヘドバンしてそう
：何かもうASMRとして聴きにきていたはずのリスナーに謝れ？

：流石《さすが》、ボイスSEXイリュージョニストだけあるな。マイスターは一味違う。

〈祭屋光〉：ぎゃああああ腕がああああああああ!?!?

え、てかこれ大丈夫⁉　ちゃみちゃん逝《い》っちゃわない⁉

『エーライちゃんの心音に興奮し過ぎちゃったわ。今めちゃ吐きそうよ』

『おおおお落ち着くのですよちゃみ先輩！　配信中に吐いたら淡雪先輩になっちゃうのですよ！　そうだ深呼吸！　ゆっくり吸ってー、ゆっくり吐いてー』

〈心音淡雪〉：淡雪先輩に……なっちゃう？　なっちゃう……

〈彩ましろ〉：ドン草マイ
〈祭屋光〉：燃え尽きたぜ……真っ白にな……

〈心音淡雪〉：おいこら。あと光ちゃんはさっきからなにやってるの……

：やっぱりライブオンだな

もはやASMRと言うよりASMR系コントの様相を呈してきたこの配信。

以降もひたすらにちゃみちゃんが暴れまくってリスナーさんとエーライちゃんを振り回し続けた。

『こっ、これで予定していた内容はすべて終了、あとは配信を締めるだけなのですよ……こんなに大変だった配信は初めてかもしれないのですよ～！』

『延長でお願いするわ！　園長だけに！』

『……これ以上ちゃみ先輩が恥を重ねる前に終わらせた方が良さそうなのですよ～』

『ねぇ今のうまかったでしょ！　褒めて褒めて！』

『まったくえーらいえーらいじゃないのでダメですよ～』

どうやらこれで配信は終わる流れのようだ。

この配信を経て、やはり印象深かったのは今まで見たことがないくらい終始ハイテンションだったちゃみちゃんだろう。

事前に音や声フェチという性癖を把握していなかったら、お前誰だレベルだったと言ってもいい。

序盤の私の心境としては、突然のちゃみちゃんの暴走に危機感のような焦《あせ》りを感じていた。だけど、配信が進むにつれて、どこか微笑《ほほえ》ましいと感じるような不思議な心境へと変わっていった。

あのちゃみちゃんが、自分の人見知りやPONを気にもせず、ただただ目の前のエーライちゃんに夢中になっている姿が、なんだか新鮮なんだけど同時にらしさも感じて、これもまたちゃみちゃんだなと思うようになったのだ。

後半は私も一リスナーとしてコメント欄に参加して楽しんでいた。

配信前に子の運動会を見守る親のような気分になっていたが、この微笑ましさは運動会ではしゃぎすぎながらも楽しそうな我が子を見たとき、困った子だなぁと呆《あき》れのような表情を外には見せながらも内心では嬉しさが溢《あふ》れているような、そんな心境からなのかもしれない。

『ね～配信終わるのやだぁ～！　もっとエーライちゃんの色んな音聴かせてよー‼』

『あっ、こーら！　お腹《なか》にしがみつくのはやめるのですよ～！　く、苦しい……』

『うひひっ、エーライちゃんのお腹の中の音が聴こえる……たっ、たまんねぇ！』

『こら！　それが真の目的か！　全く、これは躾《しつけ》が必要なのですよ！』

『うぎぎぎぎ⁉　エーライちゃん！　ギブッ！　ギブッ！』

『はいはい。もう、ちゃんと反省したのですよ？』

『はぁ、はぁ、し、してない！』

『ギブって言ったけど、エーライちゃんに締め技されるのちょっと気持ちよかった！　もっと躾《しつ》けて！』

『次はドMですか、これ以上属性を増やすとリスナーさんが困惑するのですよ〜』

またイチャコラ？　と戯《たわむ》れ始める２人。

ちゃみちゃんがどうしても目立った配信だったが、エーライちゃんの活躍も忘れてはいけない。

エーライちゃんが出ている配信を見るたびに思うのだが、この子の配信者としてのスキルは天才的だ。

序盤こそ私と同じく予測不可能なちゃみちゃんに困惑していたが、時間が経《た》つにつれて予測不可能なことを前提にしたうえで、元の普通のASMR配信予定からコメディ要素が強くなるように配信の方向性の舵《かじ》を取り、暴走したちゃみちゃんの面白さを引き出して自分はツッコミと進行に徹した。

終盤には例のY*SHIKIなどツッコミにもキレが増し、この状況下でどこか余裕すら感じさせる圧巻の進行だった。今ではこの状態のちゃみちゃんすらコントロールできているのが恐ろしい。

注視しないと見えない部分ではあるが、同じ配信者としては尊敬の一言である。

四期生間でもまとめ役的なポジションになっているようだし、これからも色々なところで重宝されることになる子だろう。

きっと人狼《じんろう》を通してこういう部分にいち早く気が付いたからこそ、ちゃみちゃんはここまで惹《ひ》かれているんだろうな。仲間思いで包容力があってかっこいいとか反則である。エーライちゃんは知れば知るほど魅力が分かるタイプのライバーだ。

しかも組長ネタで園長キャラを壊すことで笑いも取れるときた。将来組長に覚醒させたのは私だと自慢してやることにしよう。

エーライちゃんはわしが壊した‼

『改めてですね、これで配信は終わりになるわけなんですけど！　なんと！　私はこれからちゃみ先輩宅に一泊する予定なのですよ〜！　……やっぱり帰っていいですよ？』

『だめよ！　エーライちゃんと私はこれから一緒にお風呂《ふろ》に入って一緒に寝るの！　愛を深め合うの！　耳を開発し合うのよ！』

『さっさと寝て翌朝すぐ帰ろうと思うのですよ〜』

『うふふっ、今夜は寝かさないわよ？　私を寝かしつけるまではな！』

『ライブオンに居ると、人間も動物の一種に変わりないことがよく分かって興味深いのですよ～。それでは、また！　バイバーイなのですよ～！』

『パイパーイ！』

『ちゃみ先輩、さてはこの後のお風呂想像してるな？』

：パイパーイ！

：次の配信でいじられまくるちゃみちゃんが見える見える

：なんだかんだこのちゃみちゃんもかわいい

：2人とも素と外見のギャップがありすぎてアバター逆の方がまだしっくりくるの草

：組長、お気をつけて……

人見知りするにしてもしないにしても、人との距離感がバグっているちゃみちゃんなのだった。

これからの2人の関係性の変化にも注目したいところだね！

閑話　祭屋光のカステラ返答

「こんピカー！　祭りの光は人間ホイホイ、祭屋光《まつりやひかり》でーす！　今日はね、まずはカステラ返答やっていくよ！」

：こんピカ！

：テンションたっか!?

：初見さんかな？　光ちゃんはいつもこんなんやで

よく通るハツラツとした声、第一声としては完璧な挨拶で配信の開始を告げたのはライブオン三期生の祭屋光だ。

彼女を一言で表すのなら、その名前の通りの人物である。毎日が祭りのようなテンションで配信を盛り上げ、それは伝染するかのように見ているリスナーの気分まで盛り上げてしまう。

これは一見配信者として普通なことをしているように見えるが、実際はとても難しいことだ。繕っただけではすぐにボロが出てしまう。裏表のない性格でとても頑張り屋な彼女だからこそ通せる配信スタイルと言えるだろう。

だが、ここまで聞くとクレイジー揃《ぞろ》いのライブオンらしくない健全なライバーであるようにも見える。

彼女は裏表のない性格で、頑張り屋で頑張り屋で頑張り屋で頑張り屋で頑張り屋で頑張り屋で頑張り屋で頑張り屋頑張り屋頑張り屋頑張り屋頑張り屋頑張り屋頑張り屋頑張り屋なのだ。

これはライブオンだ、間違いない。

@ドゥルルルルル三「(」卍^o^)卍イヤッホオオォォオオオオオオ!!!!!!!!!!!!d=(^o^)=bって言って!@

「ドゥルルルルル三「(」卍^o^)卍イヤッホオオォォオオオオオオ!!!!!!!!!!!!d=(^o^)=b……え、これだけでいいの?」

：すげえええええ!!!!

：それって発音可能なのか……

：これだけでいいの？（歴戦の猛者《もさ》）

：d=(^o^)=b↑ここすき

@人狼の時なんでちゃみちゃんいるって気づいたのか気になる@

「うーん？　これも不思議なカステラだな？　だってちゃみちゃんそこに居たしなぁ？」

：もう無自覚系最強キャラじゃん

：天然なようでちゃんと大切なところは見てるんやなって

：見えないちゃみちゃんの方がおかしいんだよなぁ

@ライブオンの中で同棲《どうせい》したいライバーを1人あげるなら誰ですか？@

「同棲っていうと、一緒に住むってことだよね！　この前教えてもらったの！　えー誰だろ、皆楽しそうだしなぁ、ちょい考える……」

：同棲の意味理解しているようでしてなさそう

：健全な子ですから……

：**これもう実質トロッコ問題じゃん　￥1220**

：草

「そうだ！　一期生から順番に想像してみようよ！　えっと、となるとまずは晴《はれる》先輩か。晴先輩と同棲……めっちゃ楽しそう！」

：いいんじゃないかな？

：結構気が合いそう

：ハレルンの意味不明さを自然に受け入れそうだからな光ちゃん

：でも大先輩だから気を遣いそう
「あー気を遣うってのはあるかもね……まぁ一旦次行くか！　次は二期生だから、聖様《せい》か
ら！」
：だめだ
：死ゾ
：絶対だめ
：最悪の選択
：そもそも彼女持ちだし
「えーなんでー？　聖様愉快な人だと思うけどなぁ、よくなに言ってるのか分からないこ
とあるけど……。でも確かにシオン先輩いるんならだめか、この2人が同棲するべきだよ
ねやっぱり！　となると、二期生だとネコマ先輩がいけるか！　ネコマ先輩は光が知らな
い神ゲーをたくさん知ってるからね！　同棲楽しそう！」
：神ゲー……？
：苦行好きな光ちゃんにとってあれは神ゲーになるのか……
：ネコマーはありでは？
：ネコマーが出してくるクソゲーを光ちゃんが心から楽しんでネコマーが困惑する展開を

毎日のように繰り返してそう　¥5000
：なんかかわいい
：前にネコマーが光ちゃんにクソ映画を名作と紹介するドッキリ仕掛けて返り討ち？　にされてたぞ
：不思議な一体感が生まれそうだ
「次は三期生、同期だね！　もうね、大好きな同期なら皆オッケーだよ！」
：まて、1人ダメだ
：スト○○の存在忘れてますよ
：あいつも死ゾ
：彼女持ちでもないから一番やばいまである
：シュワちゃんを危険人物扱いすんなwww
「そうだそうだ！　淡雪《あわゆき》ちゃんはすっごくいい子なんだよ！　この前のデートの時だってなにもされなかったし！　悪く言うのは光許さないぞー！」
：本当になにもされなかった？　本当に？
：無知シチュをいいことに色々仕込んでそう
：調教してそうだよな

「調教って……お馬さんの？　淡雪ちゃんはそんなことしないよ！　同棲だって一緒にお酒飲めるし絶対楽しいって！」

：いやそうじゃ……まぁいいか

：さて、シュワちゃんはこの信頼を守り切れるのか？

：他の2人なら安心できるんだけどなぁ笑

「三期生はもう日替わりでお家《うち》巡りたいね！　最後は四期生だけど……んー？　あんま想像できないというか、未知数かもな……有素《ありす》ちゃんとかは気が合いそうかも？」

：確かに

：還《かえる》ちゃんは引きこもりたいのに光ちゃんにそこら中連れ出されてそう

：組長が一番想像できん、あのお方普段なにして過ごしてんの？

：そりゃあもう闘争よ

：血の匂いが一番落ち着くって前に言ってたもんな

：言ったことねぇよwwwwww

「ふむふむ、よーし！　この中から1人選ぶわけだね！　光が選ぶのは！　ドゥルルルルルルルルル、ドゥン！　ネコマ先輩です！」

：おお！

：感触良さそうだったしな
：ネコマーにとっては困惑の日々の始まり
「あ、そうだよね、ネコマ先輩は光との同棲どう思ってるのか気になるよね！　試しにチャットで聞いてみよう！『ネコマ先輩！　光と同棲ってどうですか？』っと、これで良し！　あっ、これ全体チャットじゃん。まいっか」
：ええ⁉
：光ちゃん文脈文脈！
：全体チャットでそれはまずいんじゃ……
「うぉ⁉　なんかすっごいチャット動いてる⁉　え？　淡雪ちゃんなんでこの泥棒猫って怒ってるの⁉　シオン先輩はなんか拍手してるし……あっ、ネコマ先輩が珍しく動揺してる……」
：あわちゃん、最初から君のものじゃないんよ
：やっぱあいつ同棲だめだわ
：二期生皆カップル成立にシオンママもニッコリ
：ネコマーに不憫《ふびん》キャラ属性が付いてきてるの笑う
：光ちゃん！　経緯も説明してあげて！

「経緯？　ああ！　そうだよね！　それ説明しないと分かんないよね、ごめんなさい！　えっと…………うん、これでよし！　……あ、チャットも収まった、よかったぁ」

：えらい

：ライブオンは今日も平和です

「ふいぃビビったぁ……えっと、今ので結構時間使っちゃったから、カステラ返答はこのくらいにして次の企画行くね！」

その後、結局光は配信終了まで流石《さすが》の実力で配信を盛り上げ続けた。

別れの挨拶を済まして配信を終了した光、彼女が次にとった行動は——日課の確認作業だった。

「えっと、今日は……うーん、やっぱり前の月に比べるとチャンネル登録者の伸びが少し悪い気がするなぁ。えっと、同接はほんの少しだけど低下……うぐがあぁぁなーにやってんだひかりぃぃ‼　はぁ、次はかたったーかたったーっと、お、今日はフォロワーさんたくさん増えてる！　えへへへ、よかったよかった！　今日のツイートが結構バズったおかげかな。うっし！　この調子で明日も皆を楽しませるぞ！」

そう、祭屋光というライバーは誰よりも頑張り屋なのだ。どこまでもどこまでも彼女は頑張り続ける――

「でも配信の伸びが微妙なのは変わらないからな、やっぱり光はまだまだだ！　もっともっと頑張らないと！　雇ってくれたライブオンの為《ため》にも！　応援してくれるリスナーさんの為にも！　見ててね皆！　光はまだまだやれるからね！　皆を失望なんてさせないように、もっともっと、もぉぉっっと頑張るから！」

その先がどこに続いているのかなんて知らないままに――

第四章

光ちゃんの暴走

晴《はれる》先輩のライブでのレッスンの時にもお世話になった都内の某スタジオ。

そこでは三期生1周年記念配信での一要素として企画されていた、4人全員による歌枠の練習が行われていた。

1周年でお泊り配信をすることはもう既にリスナーさんにも告知済み。着々と記念日も近づき、私たちのボルテージも高まってきている。

4人全員ということで、今日はわざわざ遠方に住んでいるましろんまでスタジオに足を運んでくれている。歌のセトリもカバーにはなるが、私たちらしく、4人で歌うことで輝く曲を皆で選び抜いた。ここまではかなり順調だったと言っていい。

そしていざ練習に入り、ましろんが来られる日が今日くらいということもあり、できることなら今日一日を使って全員が納得のいくクオリティまで仕上げたかったのだが……ここで一つ問題が発生していた。

私は細かな点以外は問題なし、十分今日で詰められる。ましろんも低音域から高音域まで驚異の正確性を見せ、感情を乗せることが課題にあがったが、天性の器用さでなんとかなりそう。ちゃみちゃんは歌声があまりに小さかったが、エーライちゃんが聴いていると思って歌うことで克服した。問題は……光《ひかり》ちゃんだ。

当然歌の上手さとは音感や声の出し方だけで決まるものではない。人はそう簡単には測れない生き物であり、仮令《たとえ》音が外れていようが、声が裏返っていようが、人の感情を動かすことができるシンガーはいる。歌の上手さとはなにをもって定義するのか非常に曖昧なものだ。

だけどこの光ちゃんの歌い方は……こと4人で歌う協調性という面で見ると難しいものがあった。

必死に歌っている、声も出ている、だが……必死過ぎて、小学生のようなガムシャラな歌い方になってしまっているのだ。

光ちゃんのパートや4人全員で歌うパートになるとどうも違和感が……ライブオンらしくこれを個性と捉え、なんとかプランを変えることで対応できないかという意見が挙がったが、当の光ちゃんが一番に首を横に振った。

「分かっている、光も分かっているんだぁ……だから下手だと！　正直に下手だと言ってくれぇ‼　皆で揃《そろ》って歌える機会なんて滅多にないしリスナーさんも盛り上がるはず。それを光のミスで水を差すなんてできるわけない！　皆期待している、だから光はそれに応えないと！　死ぬ気で頑張るから！」

そう言って断固拒否の姿勢だったので、私たちも光ちゃんの意思を尊重し、力を抜いた喉の使い方や、音程のとり方などの歌のコツを教えた。

確かに今思うとライブスタートの時は勢いでごまかしている感じだったなぁ。明るい曲なのもあって問題には感じなかった。でも今回は歌うパートが多いしバラードも交じっているから目立ってしまったのだろう。

そして練習は続き、一応少しずつ改善の兆《きざ》しは見え始めている。

「うん、そろそろ休憩入れよう」

「んん！　大丈夫だよましろちゃん！　光はまだやれる！」

「光ちゃんはそうでも僕たちの喉が持たないよ。ほら、皆水飲んで」

ましろんの言う通り、練習熱心な光ちゃんにつられてもう結構な時間ぶっ続けだ。私とちゃみちゃんも喉を休め、一息つく。

「でも……まだ自分に納得できないよ……もっと上達してリスナーさんを喜ばせないと」

「ガムシャラに練習することだけが上達の道じゃないわよ」

「ちゃみちゃん……それはそうかもしれないけど……」

渋々といった様子だが、光ちゃんも休憩に入る。普段の配信スタイルからも分かるけど、本当に頑張り屋さんなんだな。

「んー……本格的にボイトレ習うとかしようかな……って、今からじゃ遅いか。それに時間もないしなぁ……練習する時間あるかな？　えっと、明日は案件があるから朝にも配信して、その次の日は大事な収録とコラボ配信と次の日のゲーム配信の為の裏作業があって」

「ちょ、ちょっと待ってください⁉」

光ちゃんの独り言を聞いて、慌てて声を掛ける。え？　今光ちゃんなんて言った？

「お？　どしたよ淡雪《あわゆき》ちゃん？」

「ちょっと予定表とか見せてもらうことできますか？」

「予定表？　別にいいよ！」

光ちゃんはこれからのスケジュールが書かれたスマホの画面をこちらに向けてくる。

——なんだこれは？

ない。ない。ない。1周年記念日までどこにも空白がない。配信時間は勿論《もちろん》裏作業の時間割から運動の時間までそこら中びっしりと書き込まれている。辛《かろ》うじて見える空白は短い睡眠時間だけ。ちゃみちゃんとエーライちゃんのコラボの時間すら、運動時間に合わせることでなんとか調整していたようだ。

……いや、一つだけ大きな空白の時間があった、私とのデートに行った時間だ。

これも運動の時間に合わせているようだったが、あの日は結構な長丁場だった。自分の為ではない時間なのに、あのデートの為にスケジュールは変更された跡があり、そのせいかほぼ徹夜の日まで見受けられた。

「――これ、マネージャーとかに止められないの？」

画面をのぞき込んできたましろんとちゃみちゃんも、私と同じくドン引きだ。

「そうそう！　デビュー直後くらいに予定表渡したら『絶対ダメ！』って怒られたんだよ！　でも光も納得いかないからめちゃくちゃ話し合ってさ、結局今のスケジュールが妥協点になったんだよね。うぎぎぎぃぃ‼」

「これが妥協点……つまり、最初はもっと詰まっていたってことなのね……」

言葉すら失いそうな私たちを他所に、不満そうな顔でそう言う光ちゃん。

「少し前までは大丈夫だったんだけど、最近また詰め込みすぎって言われるようになってきちゃったんだよなー」

そう聞いて少し前のスケジュールを見せてもらうと、確かにパンパンではあるが、少しは遊んだりする自由な時間が作られていた。だが最近はそれすらない。

光ちゃんはライバーの中でも案件とかが多い方だから忙しそうだと思っていたけどここまでとは――忘れてはいけないが、光ちゃんの配信は基本的にかなりの長時間だ。

「……きつくはないんですか？」

「きつい？　なんで？　光はリスナーさんから応援してもらって、お金まで貰《もら》っているんだよ？　リスナーさんが光の存在価値なんだからこれでもまだ足りないくらいだよ！　皆と違って光は大した才能もないのに、リスナーさんはそんな光を支えてくれているんだからもっともっと頑張らないと！」

……その心意気は、もしかすると私もライバーとして見習わなければいけないものがあるかもしれない。

でもこのスケジュールは流石に……皆の神妙な顔を見るに同じことを考えているのだろう。

「皆そんな顔してどした？　光頑丈だからこれくらいじゃあなんともないって！　今までだって大丈夫だったし！　だからほら、早く練習再開しようよ！」

この時、私たちはなんて言葉をかけていいのか分からず、とりあえず明らかに短い休憩で練習を再開しようとする光ちゃんを止めることしかできなかった。

当然私たちから見たら地獄のようなスケジュール。——でも、まるでこのために生きているとでも言いたげな生き生きとした光ちゃんの笑顔を見ると、なにも言うことができなかった。

それから結局、練習時間の終わりになっても、光ちゃんの歌い方は改善はされたものの全員がはっきりと首を縦に振れるクオリティまでは届かなかった。特に光ちゃんは明らかに自分自身に納得がいっていない。

それでももう夜も遅い。今日、ましろんはちゃみちゃんの家に泊まるようだ。私の家じゃないのかとちょっとしょんぼりしたが、それに気が付かれたのか、「今回は三期生の為のイベントだから、あわちゃんだけじゃなくて三期生皆と絆《きずな》を深めたい。当日は光ちゃんの家に泊まるから、今日はちゃみちゃん」と説明されてしまった。恥ずかしい……。

皆帰路につき、バラバラになる。

それでも、私は光ちゃんのことが脳裏に引っかかって仕方がなかった——

それから3日後——

「あ、ここだ」

私は光ちゃんが住んでいるマンションを訪れ、インターホンを押していた。

どうしてこうなったのかというと、それは三期生全員で練習した日の夜まで遡る。

スタジオから何事もなく家に帰った私。その日の用事を終わらせて後は寝るだけとなり、スマホにアラームをかけようとしたところ、個人チャットに連絡が来ていることに気が付いた。

差出人は光ちゃん、内容は要約すると『3日後の昼に時間作れそうだから、淡雪ちゃんさえよければ歌を教えて欲しい』とのこと。

特に断る理由もなかった為《ため》、私は承諾した。今日がその当日ということである。

それにしても光ちゃんの家に来るのはこれが初めてだ。意外と数駅離れているだけの近場でびっくりしたな。

……実はあの光ちゃんの過密スケジュールを見てからというもの、ずっと体調を崩してしまわないか私は心配で心配で仕方がなかった。

今日も本格的に歌の練習をするというよりは、歌うこと自体は控えめにして、歌を口実にして体を休ませてあげたいという目論見《もくろみ》がある。

その為に事前にマッサージなどの疲労回復法も調べてある。「歌の練習は？」と疑われるかもしれないが、その場合はなんとか言いくるめて休ませよう。

そんなことを考えていると、いよいよ家のドアが開いた。

――そして、私は思い知ることになる。

「ぃ、ぃらづじゃぃ、あおゆぎぢゃん……」

「⁉」

――その自分の考えすら、光ちゃんに対しては甘すぎたことに。

光ちゃんの喉が……壊れた。

現在、とりあえず玄関前にずっといるわけにもいかないので、光ちゃんに言われるまま部屋にあがり、そしてテーブルに座って向かい合っていた。

未《いま》だ頭は混乱しているが、一旦なにがあったのかを把握しなければいけない。

「光ちゃん、大丈夫……ではないですよね。どうしたんですか、その声？」

「あのね、んんん‼」

「あっ、スマホで筆談とかで大丈夫ですよ、無理しないで」

（光）い゛、い゛ら゛っ゛し゛ゃ゛い゛、
あ゛わ゛ゆ゛き゛ち゛ゃ゛ん゛……

声を出すだけで顔を歪《ゆが》ませるのを見て慌てて止める。どうやら普通に喋《しゃべ》るだけで、声がガラガラに嗄《か》れるだけじゃなく喉に痛みまで出ているようだ。

私に申し訳なさそうな顔をして両手を顔の前に合わせる光ちゃん。そしてスマホを手に取って文字を打ち込み始める。

さっきからその姿にいつもの弾《はじ》けるような元気さは感じられず、ずっと口角を上げて笑ってはいるが、明らかに空元気なのが分かる。

文字を打ち終わったようで、光ちゃんがスマホの画面をこちらに向けてくる。

『皆で歌の練習をしてから、どうしても自分に納得ができなくて作業しながらとか空いた時間とかに練習してたの。昨日とかは明日は淡雪ちゃんが来てくれるからって気合入れて配信後にもずっと歌ってて……今日起きたら喉死んでた』

「死んでたって……痛みとかは今日までなかったんですか？」

『実は皆で練習した後から少し痛かった。でも今日まで、我慢すれば配信でも声そこまで掠《かす》れなかったから大丈夫かなって……黙っててごめんなさい』

「つまり痛かったのに配信も歌の練習も続けたってことですよね？　どうしてそんな明らかな無理したんですか⁉」

今思えばあんな無茶な歌い方じゃあ喉に大きな負担もかかる。ずっと元気そうにしていてむしろ練習をせがむくらいだったから気が付かなかったが、私たちは大丈夫でも光ちゃんはあの時点で喉に大きな負荷が掛かっていたんだ。

でもそれなら普通は喉を休めるはずだ！　なんで更に練習なんてして……。

思わず語気が強くなってしまった私の問いに、光ちゃんは相変わらず笑顔を崩さないまま、当然のことを言うかのようにスマホに迷わず打った文字を私に向けた。

『自分に納得ができなかったから。これじゃありスナーさんを喜ばせることができないから、もっと頑張らないとって思って』

「納得ができないって……」

だからってここまでするかと驚く私だったが——続けて新たに打ち込まれ、私に向けられた文字を見て、私は驚きすら通り越して絶句することになった。

『でも大丈夫！　光は頑張れるから！　だからほら、早く始めよう！』

早く始めよう——つまり光ちゃんは——こんな状況になってもまだ歌の練習をやめないつもりなんだ——

「ッ！　バカなこと言わないでください！　今日の練習はなし！　今から病院に直行しますよ‼」

光ちゃんの明らかな無茶に怒りすら覚え始めた私は、光ちゃんの発言を一蹴して立ち上がる。

「余程酷《ひど》くなければ喉は治るものだと聞きます。でも状態はどうであれ、光ちゃんは喉が完全に回復するまで活動休止です！」

そう言って荷物を抱えて再び外に出る準備をする。光ちゃんも早く準備してと声を掛けようとその顔に視線を戻した時――私は心底驚いてしまった。

だって――あの光ちゃんの表情から今日初めて笑顔が消えて――そしてこの世の終わりを見たかのような絶望に染まっていたから――

「ど、どうしたんですか光ちゃん……？」

そのあまりにらしくない表情は、ほんの一瞬本当に光ちゃんなのか分からなくなってしまったくらい衝撃的なものだった。

「活動休止……？　ぞれって、配信じないってごと……？」

「ええ、勿論《もちろん》そうですが……その喉の状況でライバー活動ができるとはとても思えません。一度ここで本格的な休養期間を挟みましょう。期間の長さはお医者さんとライブオンの意見を聞いてから決めることになるとは思いますが」

「……2日ぐらい？」

「そんなわけないでしょう。1ヵ月はみた方がいいですね。喉の状態次第ではもっとです」

「いっ、いや！　それだけはいや‼」

「ちょっ、光ちゃん⁉　今そんなに大きな声を出したらだめですよ‼」

私は当然のことを言ったつもりなのだが、それを聞いた光ちゃんは首を激しく振り、喉の痛みすら気にせずに声を荒らげて激しい拒否反応を示した。

「１ヵ月なんでありえない！　だって案件とか予定いっぱい詰まってる！　もう告知じちゃっだやづもある！　休んだりなんでしだら色んな所に迷惑がけじゃう！　そ、そうだ！

１周年記念配信はどうずるの⁉」

「あぁ１周年記念……うーん、それも延期ですかね」

「そ、ぞんなのだめだよ！　だっで１周年はぞの日しがないんだよ⁉　光の事情だけで延期なんでできない‼」

「……分かりました。一度ましろんとちゃみちゃんにも通話を繫《つな》いで、４人で話し合いましょう」

正直なぜ光ちゃんがここまで必死に拒絶するのか分からない、迷惑をかけるのが嫌なのは分かるが、どう考えてもこの状況では休む以外の選択肢はない気がするのだが……。

でも今は一旦光ちゃんを落ち着かせるのが最優先だ。これ以上喉に負担をかけさせるわけにはいかない。なるべく意図を汲《く》み取《と》ってあげる対応をしてあげるべきだろう。

一応1周年記念に関しては光ちゃんの発言に理がないとは言わない。それに関してはちゃみちゃんとましろんの意見も聞くべきだ。

でもまぁ……。

『1周年記念は延期だね。あわちゃん、今すぐ光ちゃんを病院に連れて行ってあげて』

『光ちゃん、無理しないで……休むことも大事なことよ……』

そりゃあこうなるよね。

「はい。2人の了承も取れたことですから光ちゃん、休みましょう?」

「うぐぐぐ……」

「私たちも1周年を祝いたい気持ちはあります。でも今ここで無理したら、光ちゃんの声に一生治らない傷を付けてしまう可能性があるんです。それはここで祝えないよりももっと辛《つら》いことなんですよ」

「でも、でもぉ……リスナーざんが待ってるがら……」

うーん……まさかここまで言っても休む気にならないとは……あまりの頑固さに流石《さすが》に私たち3人もどうすれば説得できるのか困り始めてしまう。

そんな時だった――

「リスナーさんを失望させるのだけは嫌だから……」

ふと光ちゃんの口から小さく零《こぼ》れるように出たその言葉を聞いた時、やっと私はなぜ光ちゃんが自分の身を削ってまで活動を止めようとしないのか、理解できた気がした。

そっか……光ちゃんは……大切なことを間違えているんだな。

「え……？」

私は光ちゃんをゆっくりと優しく抱きしめた。

「光ちゃん、やっと貴方《あなた》の考えが私にも分かってきたかもしれません」

光ちゃんは間違いを犯している。そう気づいたはずなのに、私の声は自分でも驚くほどに優し気なものだった。

だってその間違いは――きっと私も同じことを考えていた時期があったから。

「そうですよね、簡単に休むことなんてできないですよね。リスナーさんの期待に応えられなくて……そして見限られたりしたら――それは本当に恐ろしいですよね」

「ぁ……」

「休んだりなんてしたら忘れられるんじゃないか。イメージを壊してしまうんじゃないか。そう考えると――体が震えてしまいそうになりますよね」

「………うん」

頷《うなず》くと同時にこわばっていた体から力が抜ける光ちゃん。恐らく頭の中に渦巻く感情を言語化されたことで、私を理解者として感じ始めてくれたのだろう。

私たちの活動のほとんどはリスナーさんに応援してもらってこそ成立するものである。だからこそ私たちを応援してもらえるようにリスナーさんに楽しんでもらえるような配信を考え、そしてエンタメとして提供する。

言ってしまえばリスナーさんがいるおかげでライバーとして活動を続けることができているのだ。V活動一本で生きている私たちは特にそう。だからこそ……私たちにとってリスナーさんという存在の大きさは計り知れないものになる。

例えば数字。チャンネル登録者や同時接続者数が減ると、それは命の残量が少なくなったと感じる程大きな焦《あせ》りを覚える。だから失望させるなんて論外、もっともっとリスナーさんに楽しんでもらわないとという思いが膨らむ。

光ちゃんはやりすぎと思ってしまうほどの頑張り屋さんだ。その思いが膨らみすぎて、今ではリスナーさんの期待に応えることに使命感を覚えているのだろう。

「リスナーさんの為《ため》に頑張る、それ自体はとても良《い》いことだと思います。でも——今の光ちゃんは間違っていますよ」

「……っ！」

理解してくれたと思ったのにそれを裏切られたショックからだろうか、再び光ちゃんの体に力が入る。

「なんで？　リスナーさんの為に頑張るごどのなにがだめなの？　リスナーさんを大切にじないなんてライバー失格だよ！」

「そうですね、光ちゃんのライバーとしての立場ではその考えは間違っていないんです。でも光ちゃんは……リスナーさんの立場で考えたことがありますか？」

「へ？　……どうゆうごと？」

「あー……言い方を変えましょう。じゃあ、リスナーさんはどうして光ちゃんのことを応援してくれていると思いますか？」

「それは……配信を楽じんでくれでいるから？」

「そうですね、それも一つの要素でしょう。でもね、根本はもっと深いところにあるんですよ。私たちライバーのことを応援してくれているリスナーさんは、私たちのことが『好き』だから応援してくれるんです」

そう、これが今最も光ちゃんに伝えなければいけない話。

「この好きは恋以外にも、私たちの場合はバラドルに向けるような好意もあるかもしれない。でもね、好きじゃないとわざわざ大切な時間を使って配信を見たり、更にはスパチャを送ったりグッズを買おうなんて思わないでしょ？　そこまでしてくれている人がね……好きな人が苦しんでいる姿を見て喜ぶはずないじゃありませんか！」

「――――」

「光ちゃんが楽しいときはリスナーさんも楽しんでくれているように、光ちゃんが辛いときはリスナーさんも辛いんです！　ネタならともかく、推しが本気で苦しんでいるのなんて見たくないんです！　好きな人には笑顔でいて欲しいんです！　じゃあ私たちはその想《おも》いに応える活動をしなければいけない、なのに……どうして光ちゃんは今リスナーさんを悲しませるようなことをしようとしているんですか‼」

「――――」

「耐久を楽しんでやっている姿が見たいリスナーさんはいると思うけど、声がガラガラの光ちゃんが痛みに耐えながら喋《しゃべ》って歌うなんてリスナーさんは望んでない！　スタジオで練習したとき、光ちゃんが『リスナーさんが光の存在価値』って言いましたよね？　でも光ちゃんが存在価値なくらい応援してくれている人も中にはいるの！　その人たちを悲しませてどうするの！」

後半は感情的になるあまりまくしたてるようになってしまったが一通り言いたいことは伝えた。

乱れた呼吸を整えていると、今度はスマホからましろんとちゃみちゃんの声が聞こえてくる。

『あわちゃんの言う通りだね。あと、一つ僕からも言わせてもらうけどさ。少し休んだくらいで推すのをやめる程度にリスナーさんを甘く見ないで。光ちゃんの魅力はその程度のものじゃないよ。だから、失望させるのが怖いのは分かるけどさ、リスナーさんを信じて休むことも大切な活動の一部だよ』

『光ちゃん。私もね、一時期自分は他のライバーと比べてパンチがないんじゃないかって悩んでいた時があったの。でも結局無理なんてせずに、むしろ素で居ることが一番の解決策になったの。そしてね、肩の力が抜けると同時にヘンなこともするようになったけどね、それでリスナーさんが失望するなんてなかったし、むしろプラスに向かったわ。頑張ると無理をすることは似ているようで違うと思うの』

……うん、やっぱりこういう活動をしていると、このような問題は誰もが抱えるもののようだ。私も……切り忘れでバズる前は酷かった。

でもこういうのって活動を続けて、特に人気が出ると安心と共に冷静になった頭が真理に気づいて落ち着くものだったりする。

だけど光ちゃんは違ったんだ。光ちゃんはかなりの人気ライバーだ。一概に数字だけで判断するのはどうかと思うが、それでも一つの指標として大きなスコアを持っている。

でも光ちゃんは止まらない。きっと全てのライバーで一番になっても止まらない。ファンが増えたら増えた分だけもっと頑張って頑張って頑張って、体の限界に向かうマラソンを走り続ける。

今回私たちが気づけたことで、止めることができたのは本当に良かったと思う。リスナーさん第一の頑張り屋さんなのは光ちゃんの長所だが、活動を続けるうちに頑張り方を間違えてしまったんだ。

私たちの想いはしっかりと光ちゃんに届いてくれたのだろう。光ちゃんの体からは完全に力が抜け、反省した様子で私にぐったりと体を預けている。

「光ちゃん。私たちがするべき頑張り方は、体調を万全に整えて、最高の状態で配信に向き合うこと。だからね、今は病院行こう？」

「うん……ごめんなさい」

こうして病院で喉の状態を診てもらった光ちゃんは、幸いなことに大事にならずにすんだものの、ライブオンとも相談し、１ヵ月の活動休止期間を設けることとなり、１周年記念配信もそれに合わせて延期となった——

活動休止が決まってすぐ、ライブオンから私たち三期生に謝罪があった。

どうやら意地でもスケジュールを詰め込もうとする光ちゃんとそれを止めたい担当マネージャーさんとの間では、日々熱い攻防戦が繰り広げられていたようで、今まではなんとか体を壊さない線を死守していたらしいのだが、この度は目測を誤ってしまい大変申し訳なかったとのこと。

だがこの話、光ちゃんに詳しく話を聞くとライブオンの管理ミスだけが原因なわけではないことが分かった。なんと、今までの経験上このまま日々のスケジュールに歌の練習を追加するとマネージャーさんから絶対NGが出ると察していた光ちゃんは、苦肉の策でそのことを報告していなかったのだ。

それだけ1周年記念を良いものにするために練習してくれたということだが、これはいけない。最終的に、光ちゃんも担当マネージャーさんにごめんなさいして、この件は丸く収まった。

光ちゃんにも今回の件で担当マネージャーさんがどれだけ体を心配してくれていたのかが伝わったはずだ。信頼関係はより深まったはずだからもうこのようなことは起こらないだろう。仲良きことは美しきかな。こんな時だからこそ良いことを見つけよう。

そうそう、光ちゃんの活動休止期間中、もう一つ良いことがあった。

「ん――‼（グリグリグリグリ）」

「あははっ！　もう光ちゃん、髪の毛が擦れてくすぐったいですよ」

今までの時点でも私たちにかなり距離感の近かった光ちゃんが更に懐《なつ》いたのだ。

今回の件は三期生全員の友情を更に深め合うことにも繋《つな》がった。よって光ちゃんはより深く三期生のことを信頼するようになったということなのだが……自意識過剰かもしれないが私に向けられているものはましろんやちゃみちゃんのものに比べてスケールが違う気がする。

活動休止期間が始まった最初の一週間、光ちゃんは自責の念に駆られてか明らかに元気がなかった。

今回喉を治すのは勿論《もちろん》だが、そもそも過密スケジュールだったことには変わりがないため、この機会に体も休ませようということになっている。

ずっと張り付く可能性があったのでＳＮＳの更新も最小限に制限されている。だけど明らかに落ち込んでいる光ちゃんを見て、私はこれじゃあ体もメンタルも癒えないのではないかと心配になった。

喉は治療中なので声を使う通話はあまりよくない。チャットで応援してくれているライバーは沢山いるが、こういう時こそ直接のコミュニケーションが活《い》きるものだ。なので私は週に数回、家が近いこともあり、時間に余裕がある日に光ちゃんの家に遊びに行くことにしたのだ。

私が行かない日には、前に光ちゃんとデートしたときに知り合った藍子《あいこ》さんが来てくれていたようで、光ちゃんはみるみる名前にふさわしい本来の明るさを取り戻していった。

「すみません。事前に警告してもらっていたにもかかわらず、光ちゃんを止めるのが遅れてしまって……」

連絡先を交換していたこともあり、電話にて今回の騒動の謝罪を入れる。

「そんな、謝らないでください。きっと私が間違っていてこれが正しかったんだと思います。私は搦《から》め手《て》で一時的に光のことを止められても、根本的な解決方法が分かっていませんでしたから。淡雪さんたちのように真っすぐぶつかり合うことが光には必要だったんですね。親友を助けてくれて、本当にありがとうございました」

「いえいえ！　そんな！」

謝罪のはずが、藍子さんにはむしろ感謝されてしまった。本当に心配していたのだろう。

光ちゃん、いいご友人をもったね。

さて、お互いに頭を下げ合うような形で通話は終わり、懐いてくれた光ちゃんとの日々は続く。

あの喉を壊した日に直接会っていたのも私だし、きっとそういう経緯もあってここまで好意を向けてくれるようになったと思うのだが……ここで新たな問題が発生してしまう――。

やばい、この子元気すぎる！

もうね、積んでるエンジンが違うんだろうね。

メンタルが回復してからというもの、退屈とのことで一緒にゲームをするのは勿論のこと、一つゲームが終わるたびに次のソフトに移り、更に次のソフト、その後はいきなりパタパタと家のどこかに消えたかと思ったら持ってきたトランプやボードゲームでまた遊ぶ。

永遠に終わらないあそぼー攻撃に、もはや私は元気な子供に振り回される親の気分を味わっている。切り忘れの時に光ちゃんのママになりたいみたいなことを言った覚えがあるが、まさかこんなところで叶《かな》うとは思っていなかったよ……。

この前なんてバ○ルドーム持ってきたからねこの子。メンタルは戻ったとはいえまだ喉は治療中。最近小声の会話は許されたが、遊んでいても大声は厳禁だ。

片方は声を出さない状態かつ2人でやるバ○ルドームは虚無ゲーの領域なのではないだろうか？　いや、キラッキラの目で取り出してきたから断れるわけもなくやったんだけどさ……。

でも声が出せなくてもどんなゲームでも、私と一緒に遊ぶ時の光ちゃんはとても楽しそうで、頻繁に抱き着いてきたり頭をグリグリしてきたりして感情を表現してくれた。

大変だと思いながらも、それが嬉《うれ》しい私もいて、なんだかんだ楽しんでいたのだが――

私は気が付いてしまう。

え、これ休養になってなくね？

遊ぶことでメンタルが回復したのは喜ばしいことだが、これは遊び過ぎではないか？

確かに気分転換にはなっているのかもしれないが、私の思う休養とはもっとゆったりしていて落ち着いたものだ。

特に光ちゃんはショートスリーパーなはずだ。それは体質の問題なのかもしれないが、私としては休養中くらいしっかり睡眠をとってほしいと思ってしまう。

なのでどうしたら光ちゃんにもっと落ち着いて体を休めて貰《もら》えるかを考えたところ、そういえば光ちゃんが喉を壊した日、私は歌の練習もあるが、それと同時にマッサージをしてあげようと考えていたことを思い出した。

未《いま》だに勉強したことは覚えている。なので手軽にできる肩のマッサージを提案してみたところ、光ちゃんは笑顔で勢いよく何度も首を縦に振って了承してくれた。

「それじゃあ始めますね……あー、結構凝ってますね」

「っ‼」

「あっ、痛かったですか？　痛みで声が漏れると喉に負担がかかってしまうかもしれませんね、力弱めますか？」

「……ううん、そのままでいいよ」

「えっ、本当ですか？　……分かりました。じゃあもし痛い時があっても声は出さないようにだけ注意していてくださいね」

こうして肩のマッサージは始まり、終わった時には光ちゃんの顔は熱を帯びたように赤く染まり、体はぐったりと脱力していた。

あれ？　脱力するのは分かるけどなんで顔赤いんだろう？　もしかして気持ちよくなかったのかな？　一瞬そう不安に駆られたが、なんとこれがめちゃくちゃ好評。

その日の夜、光ちゃんはびっくりするほど深い眠りに入ることができたらしく、翌日自分でも信じられないくらい快調だったらしい。

どうやらあの顔の赤さは気持ちが良かっただけのようだ、よかったよかった。

そしてこれをきっかけにして、光ちゃんは私にマッサージをねだるようになった。

だが連日肩ばかりやるのもどうかという話になり、光ちゃんにどこをマッサージしてほしいか聞いたところ、返ってきた答えは意外や意外『足つぼ』だった。

腰とかだと思っていたので予想外の答えが返ってきて若干困惑した私だったが、光ちゃんの為《ため》、私は必死になって足つぼマッサージのやり方を勉強した。

「いいですか？　足つぼは痛みが伴う可能性が高いです。喉のことがありますから、もし大きな声を出したらすぐにやめますからね！」

「うん！　お願いします……はぁ……はぁ……」

いざ始まった足つぼマッサージ。光ちゃんはもしもの時の為に口を自分の両手でしっかりと塞ぎ、私の施術に耐えている。

……今更だが光ちゃんの容姿は陽キャそのものだ。そんな一生関わることはできないと思っていたタイプの女の子の足を自分は直《じか》に触っている――しかも施術が進むにつれて光ちゃんはまたもや顔が赤くなり、しかも今回は声を出さないように必死に両手で口を押さえながら――

……なんだかいけない気分になってしまいそうだったが、これも大切な同期の為、心を無にして最後まで真剣にマッサージに取り組んだ。

今回の結果だが、前回と同じく顔が赤らみぐったりとした様子にプラスして、両手を外した光ちゃんの口元にはうっすらとよだれが零《こぼ》れてしまっていた。

まさかそこまで気持ちがいいとは……もしかすると私にはマッサージの才能があるのかもしれない。

そして自分のマッサージに自信が付き、楽しさも見いだし始めた私に、光ちゃんが求めた次のマッサージ、それは――

「これやってほしい……」

「これは……」

見せてくれたスマホの画面に映っていたのは、マッサージを受ける人がうつ伏せで寝て、その背中を施術者が踏んでマッサージするという変わったタイプのものだった。

えっと、これをしてほしいってことは、光ちゃんが私に背中を踏まれるということだよね？　いいのだろうかそれは……。

いや、それよりも――

「うーん……この前の足つぼの時も少し思ったんですけど、このレベルになると素人《しろうと》の私では良い施術ができるか分かりません。専門のお店に行ってプロの方にやってもらう方が良いのではないでしょうか？」

純粋にそう思って聞いたのだが――

「……淡雪ちゃんに踏まれたいの」

「ぜひヤラせていただきます」

光ちゃんに耳元でそう言われてしまった私は、考えるよりも前に承諾を口にしてしまっていたのだった。

なんで急にそんな扇情的なことを言い出すんだ光ちゃん⁉

いや待て、冷静になれ、あの光ちゃんだぞ？　特に深い意味はないはずだ。

これはあくまでマッサージ、マッサージなんだ！　心を無にして、光ちゃんの体をほぐすことだけを考えるんだ！

そう肝に銘じ、またもや私はマッサージのコツを勉強し、そして後日いざ実践！

「うん、これを使えば私の体を支えることができそうですね。それじゃあ始めていきますね」

「よろしくぅ！　はぁ！　はぁ！　はぁ！　はぁ！」

踏む場所と足に体重を乗せすぎないよう細心の注意を払い、マッサージを進めていく。

そしてマッサージが終わった時には――

「――――」

だらしなく舌をはみ出させながら口を開き、白目がちになった目で放心している光ちゃん、まさかのアヘ顔であった。しかも時折ビクンビクンしている。

信じられない……あの光ちゃんがこんな状態になるなんて……。

「間違いない……私はマッサージの天才だ……」

自らに秘められし才能に気が付き、謎の高揚感を覚える私なのだった――


こうして日々は過ぎていき、いつの間にか光ちゃんの活動休止期間も折り返しを過ぎ、復帰の時が段々と近づいていた。

今日は私ではなくちゃみちゃんが光ちゃんの家に遊びに行っている。三期生のグループチャットで私が遊びに行っている話を聞いたちゃみちゃんが、私も行きたいと立候補したのだ。

あのちゃみちゃんが自ら立候補するなんて、やはり相当光ちゃんのことが心配だったようだな。ましろんも行きたそうにしていたが、遠方なこともあって流石《さすが》に厳しかったらし

犯人
※マッサージの効果には個人差があります。

く、悔しそうにしていた。

ちゃみちゃんはもう着いているころかな。ふふふっ、ちゃみちゃんのことだから、光ちゃんのあまりの元気さにワタワタしてそうだなぁ。

「ん？」

そんなことを考えながらスマホの予定を確認し、今日はのんびり過ごせそうだなーとか考えていた時、ちゃみちゃんから電話がかかってきた。

どうしたのだろう？

「はいもしも」

「あ、ああああああ淡雪ちゃん‼‼」

私がもしもしと言い切るより前に、ちゃみちゃんの明らかに慌てた声が被《かぶ》さってきた。

「ど、どうしたんですかちゃみちゃん？」

「あ、貴方《あなた》、なっ、なっ、なっ」

「⁇」

「なんで光ちゃんをドMに調教しているのよおおおおぉぉ――⁉⁉」

「――――は？」

スピーカーから聞こえてくるちゃみちゃんの絶叫。

え？　……ん？

「はあああああぁぁぁぁ――⁉⁉」

…………。

「それではちゃみちゃん、なにがあったかの説明をお願いできますか？」

「ええ、さっきは取り乱してしまってごめんなさい」

「ふんふんふーん♪」

私、ちゃみちゃん、光ちゃんの3人が向かい合って座っている。

電話で私が光ちゃんをドMに調教したなどという意味が分からないことを叫んだちゃみちゃんは、その後も混乱した様子でまともな会話にならず、急遽《きゅうきょ》私も光ちゃんの家に向かうことにした。

息を切らしながら家に着いた私を光ちゃんは熱烈なハグで歓迎してくれた。ちゃみちゃんも私が着くまでの時間である程度落ち着いたようで、ちゃんと話ができそうだ。

だがそれでも、私とちゃみちゃんの間には得体のしれない不安感のようなものが漂っており、光ちゃんのみが上機嫌に1周年記念用の曲を鼻歌で歌っているのが尚更《なおさら》私を不安にさせる。

もう喉の傷自体はほぼ完治しているようで、それ自体は凄《すご》く安心したのだが——

「えっと、順を追って説明するわね」

「はい」

「淡雪ちゃんも知ってのとおり、今日遊ぶ約束していたから、私は光ちゃんの家に来たの」

「はいはい」

「そしてね、玄関の鍵を開けてもらってお家《うち》の中に入ったらね、光ちゃんが私に向かってM字開脚みたいなポーズになって『ちゃみちゃん！　光とスカイラブハ〇ケーンしようぜ！　光踏み台な！』って言ってきたの」

「順を追ってもらえますか？」

「残念ながらノーカットよ」

どうやらこの休止期間中に新たな傷が開いてしまったようだ。

「一体どういうことなんですか……？」

「ええ、勿論《もちろん》そうなるわよね、私もなったわ。というより私はそのスカイラブハ〇ケーンがどういうものなのかを知らなかったのね」

「確かにちゃみちゃんにサッカーのイメージありませんね」

「まぁそんなわけで話の続きいくわね。光ちゃんはそんな私の様子を見て知らないことを察したのか、次は土下座しながら『ちゃみちゃん！　その靴脱いだら光の頭の上に置いてもらっていい？』って言ってきたの」

「いやいや続いてない続いてない、この前ちゃみちゃんがチャレンジしたけど早々に諦めたワルクラの回路くらい話が繋《つな》がってないんですよ」

「これまたノーカットよ。あとなんでさりげなくディスってきたのかしら……？」

これがノーカットだと⁉　意味が分からない……スカイラブハ〇ケーンはまだ光ちゃんならありえるかもしれないけど靴の件は本当に分からない……。

「それでね、私もこれは流石になにかがおかしいと思って、慌てて光ちゃんになんでそんなことしてほしいのか聞いたの」

「正しい行動ですね」

「そしたら淡雪ちゃんのせいってことが判明したから電話かけたのよ」

「なななななんでそうなるんですか⁉　完全なる冤罪《えんざい》ですよ！」

「まぁここからは光ちゃんに説明してもらった方が良さそうね」

ちゃみちゃんが声を掛けると、待ってましたとばかりに今まで黙っていた光ちゃんが口を開く。

「あのね！　淡雪ちゃん光にマッサージしてくれたでしょ？」

「ええ、そうですね」

「あの時ね、肩をマッサージしてもらったとき、実はちょっと痛かったんだよね。光ね、人から痛いことされるのって今までヘンな気分になるから避けてたんだ」

「やっぱりあの時痛かったんですね、申し訳ありません……でもヘンな気分ですか？」

「うん、なんかね、ムズムズする感じがして苦手だったの。でもね、淡雪ちゃんにマッサージしてもらったときも少し痛くてこのムズムズがあったけど、意外と悪くないなって思って続けてもらっちった！　えへへ、きっと喉の件で暴走した光を止めてくれた信頼があったからだね！」

…………。

「それでねそれでね！　続けてもらううちにそのムズムズがだんだんゾクゾクに変わっていって、最終的には体の中がバチバチ弾《はじ》ける感覚にまでなってね！　それがめっっっっちゃくちゃ気持ちよかったんだよ！　不思議だよね！」

…………。

「もうそれが光忘れられなくて、足つぼはもっと気持ち良かったし、踏まれるのは肉体的なものにプラスして精神的な屈辱感みたいなものがプラスされるのが気持ち良すぎて、意識飛んじゃった！　なんでこんなに気持ちいいのを避けていたんだろうって後悔だよ！」

——この話を聞くのと同時に、私は光ちゃんの過去の言動を思い返していた。

確かに光ちゃんは過密スケジュールで、今回は歌の頑張りすぎで喉まで壊したが……それは別として長時間の配信を辛《つら》そうにやっている素振りは見せたことがなかった。

いや、それればかりではない。耐久配信も、地獄のような鬼畜縛りも、普通の人なら逃げ出したくなる苦行に対して光ちゃんは常に『楽しそう』だったのだ。

あぁ、やっと理解した。きっとこれが光ちゃんという女の子の本質。内に秘めた痛みが快楽に繋がるという性癖の蕾《つぼみ》。

だけど今まではそこから先はまずいという光ちゃん本人の直感という名の抑止力が無意識のうちに働き、この蕾がそれ以上育つことはなかった。

でも——私はやってしまったのだ。膨れ上がった信頼によって自らの抑止力より私のことを選んだ光ちゃん。私はマッサージの天才などと勘違いしてその蕾に水を与え続け、やがてそれは花開いた。そう、開ききってしまった。

つまり——

「だからね！　今日はちゃみちゃんが来てくれるし、ちゃみちゃんのことも光大好きだから、やってほしいことをお願いしてみたんだよ！」

光ちゃんが──性（ドM）に目覚めた──

「というわけなのよ。淡雪ちゃん、どう責任取るの？」

「え、これ私のせいなんですか⁉　頑張って勉強までしてマッサージしてあげたのに⁉」

「そうだそうだ！　淡雪ちゃんは悪くないぞー！」

非難の目を向けてくるちゃみちゃんから私を庇《かば》うように、光ちゃんがその視線を遮る位置まで移動する。

「光ちゃん……そうですよね！　これは私不可抗力でしたよね！」

「うん！　心配しないで、淡雪ちゃんは光が守る！　ちゃみちゃんの冷たい視線は光のものだ！」

「……ん？」

「さぁちゃみちゃん！　もっと通学路の途中に地面に横たわるセミ爆弾を発見したときみたいな迷惑そうな目で光を見てくれ！」

「ごめんね光ちゃん……本当にごめんね……」

「あ、あれ？　なんで淡雪ちゃん泣いてるの？」

改めてドMを楽しむ光ちゃんを目の当《ま》たり《あ》にして自分でも分かった。これはもう不可抗力とか関係ない、私の責任だ……というか、責任逃れしようとしても罪悪感でできない。

「落ち着いて淡雪ちゃん。私もね、怒っているわけじゃないの」

「そ、そうなんですかちゃみちゃん？」

「光ちゃん本人が楽しそうならそれが全てじゃないかしら？　というか、私もなにか言える立場じゃないというか……最近暴走気味だったし」

「ちゃ、ちゃみちゃん！　ありがとう！」

すごい！　同期をドMに調教した変態に対してなにも言えない人がこの世に存在するんだ！

感謝の裏側で一瞬そう思う私もいたが、立場が逆になった場合、多分私もなにも言えないので口にすることはやめた……。

「そう！　光ね！　今すっごく楽しいし体も楽なの！　いつもは一日中なにかしてないと落ち着かないんだけど、淡雪ちゃんにマッサージされた日は物凄《ものすご》い満足感があって、自分でもびっくりするくらいぐっすり寝られたんだよね！」

「ふははははは！　どうですかちゃみちゃん！　これが天才マッサージ師淡雪の実力ですよ！」

「急に調子に乗り始めたわね……あと貴方は天才マッサージ師じゃなくて天才サディスト

よ」

「さ、サディストちゃうわい！　別に私、光ちゃんを踏んで喜んでたわけではないですからね⁉」

「え、そうなの？　私てっきり今度は足でも舐《な》めさせてやろうかとか計画しているのかと思っていたわ」

「計画してるわけないでしょ⁉　そんなことしたら光ちゃんのファーストキスが私の足になっちゃうじゃないですか！」

「ふあぁぁん⁉（ビクンビクン！）」

「こら淡雪ちゃん！　そんなこと言ったから光ちゃんが喜んじゃったでしょうが！」

「えええぇぇ⁉　今のどこにそんな要素が⁉　事実を言っただけでしょ⁉」

「今のが無意識……冗談のつもりだったけど、淡雪ちゃんは本当に天才サディストなのかもしれないわね」

「いやいや、私にそんな趣味はないですから……」

ほんと、あのマッサージも偶然のものであって、私にそんなS要素を期待されても困るんだけど……。

「それにしても、配信に復帰した光ちゃんが今から恐ろしいわね……淡雪ちゃんがたまに罵倒でもして満足させてあげてね」

「なに私に丸投げしようとしているんですか？　ちゃみちゃんも一緒ですよ！　同期の絆《きずな》、見せつけてやりましょう！」

「罵倒！　罵倒良《い》いね！　やってやって！　というか今やって！」

罵倒というワードに食いついてきた光ちゃんを見て、どうしようかとちゃみちゃんと目を合わせる。

正直同期に罵倒とか心が痛いのだが……そんなにサンタさんを待つ子供のようなキラキラと期待した目をされては断るのもきつい……。

「ちゃ、ちゃちゃみちゃんからどうぞ！」

「えぇぇ⁉　なんで私⁉」

「ほら！　罵倒って言いだしたのはちゃみちゃんなんですから！」

「そんな、私罵倒なんてしたことない……えっと、えっと、」

「カモンちゃみちゃん！（ワクワク）」

「ひ、光ちゃんの……ば、ばぁーか！」

「小学生かな？」

もはや罵倒ともいえないレベルだったちゃみちゃんにツッコミを入れてしまう。

全く、これじゃあ光ちゃんもがっかりだよ。

「はぁ……はぁ……！」

「あれ？　でも意外とよかったみたいよ？」

「まじかよ、コスパの良いドMだな」

それでいいのか光ちゃん……根が純真なうえにまだドMになりたてだからかな、かなり低レベルな罵倒でも喜んでくれるようだ。

「ほ、ほら！　次は淡雪ちゃんの番よ！」

「淡雪ちゃんから罵倒……はぁ……はぁ……！（ワクワク）」

「あー、ええっと、そうですねぇ……」

必死に頭を回転させる――のだが。

やばい、なにも思いつかない！

というか善良の塊みたいな存在である光ちゃんを罵倒するなんて私の良心が痛む！

なんかさ、偏見かもしれないけど普通ドMキャラってなにか罵倒されるに値する欠点とかを持っているものじゃないの？　なんでこんないい子がドMになっちゃったの‼

どうしよう……あっ、もうこれでいいや！

「光ちゃんの……へ、変態！」

「あら、変態がなにか言ってるわ」

「って変態が言ってますね」

「はあああぁぁぁ――ッッッ‼（ビクンビクン！）」

結局その日は罵倒にハマった光ちゃんのお願いで、一日中罵倒に付き合うことになり、罵倒される側は喜ぶのにする側は精神が擦り減るという謎の時間を体験したのだった。

ちなみにその日の夜、このことをましろんに報告したら、

「なんであわちゃんはライブオンのライバーを事あるごとに堕天させるの？　あわちゃんキュ〇べえなの？　僕たちは魔法少女でも魔女でもないんだよ？」

と呆《あき》れられてしまった。全部偶然なのに！

……あっ、光ちゃんかたったー更新してる。大事なことじゃないとSNSはダメってなってるはずだけど、どうかしたのかな？

【祭屋《まつりや》光@ライブオン三期生】

今日は一日中淡雪ちゃんとちゃみちゃんに罵倒されて超超超楽しかった！

「いやあああああぁぁぁぁぁそれは言っちゃらめえええぇぇぇぇ‼‼」

直後に鳴り響くは藍子さんからの着信音。

「淡雪さん、人の心って持ってます？」

「ちがーう！　嘘《うそ》ではないけど違うんです――‼」

藍子さんは仲いいだけあって、あのかたりは光ちゃんのやらかしだと察していたようで、すぐに誤解は解けた。

「なるほど。実は裏でこっそりと光をドMに調教し、光を罵倒したのも事実であると」

と思ったが、解けた誤解の先でもっとやばいことをしていたので、更に声が冷たくなった。なんでや。

「うぅ……本当にわざとじゃなかったんですよ……ごめんなさい……」

「ふふっ、まぁ私は光が楽しそうならそれでいいので、許します。超絶鬼畜のドSやろうさん」

「なんだか楽しんでませんか⁉」

恐らくリスナーさんも藍子さんと同じく察している部分があると思うけど、一応ゲリラでちゃみちゃんと枠を取り、リスナーさんにもなにがあったかを説明して同じく誤解は解けた。だが、『喉を壊した同期を一日中罵倒したド畜生』と弄《いじ》られることになったのだった……。

なんで最後に私とちゃみちゃんまで罵倒されてるの⁉

閑話　彩ましろのカステラ返答

「こんましろー、ライブオン三期生、彩《いろどり》ましろです。今日はカステラ返答やっていくよ」

ダウナーにも優しげにもボーイッシュにも、どれともとれるどこか幻想的にすら聞こえる声、ライブオン三期生の彩ましろである。

イラストレーターでありながら淡雪《あわゆき》の相棒のようなポジションでもあるましろ。ライブオンはキャラが濃いライバーが多いため、コラボの時はツッコミに回ることが多い彼女だが、そのように話し相手によって臨機応変に対応するのは簡単なことではない。だが彼女はそれを当たり前のようにこなしてしまう。すごさを感じさせない自然体で隣の人を引き立てる、これができる人間はどの分野でも重宝される。

だが今日のましろの枠はソロ配信。独壇場で開かれたカステラ返答では、ましろの普段は目立たないトークスキルの高さが遺憾なく発揮されていた。

@好きな服装は？

今まで描いたイラストで特に気に入ってる服装とか聞きたいです@

「あわちゃんにダメって言われたからＮＧが出たけど、お泊り配信中の一緒に新衣装考える件で出た、ポケットの布地をくり貫《ぬ》いたホットパンツとか好きだよ。僕鼠径《そけい》部フェチだから。あとは未公開の僕の衣装を着せたあわちゃおっと口が滑った」

@あわちゃん以外のライブオンメンバーにはどんな服装が似合うと思う？@

「んー……光《ひかり》ちゃんに髪下ろさせて王道セーラー服とか良くない？　通常時の服が中々派手だからさ、ギャップがあっていい感じかもよ。今度描いてみようか」

@（自分の胸を見て）一言、どうぞ？@

「ばか、あほ、帰れ、もう！　たまに貧乳いじりくるのなんでなの？　同期が皆デカいから小さく見えるだけで一応全くない訳じゃないからね？　というかね、貧乳は貧っていう字を当てているのが良くないと思うんだよ。もっとさ、あるでしょ、小胸とか、慎胸とか、品がある胸で品乳とかさ。僕の胸は貧しくないんだよ、大きくても小さくてもそれは等しくおっぱいであり、持ってる魅力は違っても等価値なんだよ。そこに気が付かない人の心の方が僕は貧しいと思うね、全く」

：ましろん鼠径部フェチなのか

：クールだけど好きなものには正直なところすこすこましまし

：光ちゃんだけじゃなくて全員分の制服姿見たい！　公式でやんないかなぁ
：おっぱいの話になった途端めちゃくちゃ早口になって草
：胸が小さいことを気にしているましろんが好きです！
：それじゃあ今度から貧乳のことをまし胸って呼びます！　まし（増し）なのに小さいってな、ブフォwww
：オイオイオイ、死ぬわアイツ

@ましろん……そんなに照れなくてもええんやで（ニチャア
あわちゃんのこと好きなんやろ…？（ニチャア
素直になっちゃいなよyou@
@スト〇〇味の淡雪と淡雪味のスト〇〇どっちが良い？@
@シュワちゃんとあわちゃんのどちらの方が好きですか？　また、それぞれの好きなところを言えるだけ教えて下さい@

「似ている内容だからまとめて答えるけど、前提として僕はあわちゃんもシュワちゃんも大好きだよ。わざわざ自分から何度も言うことでもないし、立場的に僕がツッコミに回ることが多いから冷めてるように見えるだけ。ここにいるリスナーさんの中にはあわちゃんのこと好きな人もいると思うけど、きっとその誰よりも好きだよ。あわちゃんとシュワちゃんのどっちが好きかは……うーん、これって僕だけなのかな？　あわちゃんとシュワちゃんって呼び名は分けてるけど、一つの存在として見てるからどっちが好きとかないかも。まぁ無理やり答えるなら、心音《こころね》淡雪というライバーが大好きだよ。奇跡的に噛《か》み合《あ》った二面性も1人のライバーである彼女の魅力ってこと」

@？？？「はぁっ……はぁっ……あわちゃんがわるいんだよ」

淡雪「あれっ？　私いつの間に寝て……」

？？？「有素《ありす》ちゃんや光ちゃんとラブラブしておきながら僕に思わせぶりなことばっかり言って」

淡雪（そっ……その声は……）

？？？「僕がどれほど我慢してたのかも知らずにっ！」

淡雪（うっ！　痛い……！　手足にロープが食い込んでる）

？？？「昨日の予言めいたカステラ、あわちゃんが送ったんでしょ」

淡雪（こっ、この状況は！　昨日の！）

淡雪「ちっ違うよ！　私はそんな……」

淡雪（まずいっ！　あのカステラの通りだとすると……）

？？？「うるさいっ！　嘘つきのあわちゃんには教育が必要だね」

???「僕はあわちゃんのママだよ……親子の営み、皆に見てもらお」配信ポチー
淡雪「!? だっ、だめ! そんな……」
Happy End @
「なにこの怪文書……配信切り忘れだけじゃなくて配信付けすぎとか新たな伝説作ってどうするの。あとこの???は絶対に僕ではないのであしからず」
::てぇてぇ!
::もう結婚しろよ
::すごいよみんな! これ営業じゃないんだy(尊死)
::怪文書には辛辣なましろんなのであった
::配信付けすぎは草
@また同期が2人天元突破したようですが、今のお気持ちはいかがでしょうか@
「エーライちゃんとあわちゃんがんばえー(投げやり)」
@いつの間にかライブオン唯一の常識枠に成り上がってしまいましたが一言どうぞ@
「うーん……そもそも僕って常識枠なのかな? だって僕この前お絵かき配信で『おへそってどうやって描けばいいですか?』って聞かれて『舌をつっこみたくなる窪《くぼ》みを描け』って答えた人間だよ? 皆ライン壊れてない?」

@ふと気になったのですが、ましろんはシュワちゃんみたいにお酒を嗜《たしな》まれるのでしょうか？　いつかシュワましのコラボ晩酌配信が見てみたいです@

「これが最後のカステラだね。自分から飲むことは少ないかな。晩酌配信はほら、この前三期生1周年記念でお泊り配信が1周年と1ヵ月記念に振替になるって発表あったでしょ？　その時に期待してもいいかもね」

：ちゃみちゃんは対人関係においては左に出る者がいない

：右じゃなくて左で草

：ましろんが自分のイラストキャラのへそに舌をつっこみたいって言ってるのと同じで草

：変態なましろんは正直興奮します

：まさか飲むのか!?　よっしゃあああああ!!

：光ちゃん復帰来る!!!!

独壇場であっても、さりげなく休んでいた仲間が復帰しやすいよう場を整える、そんなましろなのだった。

第五章

三期生デビューから1周年と1ヵ月記念配信

1周年記念配信の計画から始まり、喉の負傷による光《ひかり》ちゃんの活動休止、記念配信の延期、そして光ちゃんの覚醒――本当に息つく暇もない、配信外でさえライブオンな日々だった。

色んな感情にも振り回されて大変ではあったが、それでも……今日この瞬間を雲一つ許さないほど晴れやかに迎え、そして盛大に祝うためには必要な時間だったと思う。

今度こそ来たるべき時に直接集まった4人で目を合わせ、タイミングを合わせる。

さぁさぁ皆様！　大変長らくお待たせしました！

「「「「ライブオン三期生！　1周年と1ヵ月記念おめでとおおおおぉぉぉぉ――‼‼」」」」

遂《つい》にこの配信が開幕するぞおおおおぉぉぉぉ――!!!!

：キタ！　遂にキタ！

：よかった、企画ごと没にならなくて本当に良かった……

：おめでとおおおおおおぉぉ――!!!!

：**いえあああああぁぁぁ――!!!!　￥50000**
：今光ちゃんの声したよな!?

「はい！　というわけでね！　とうとうこの日を迎えることができました！　三期生の心音淡雪《こころねあわゆき》です！」

「ほんと、僕たちが集まると予定通りいくことの方が少ないいんじゃないかって今回の件で思ったよ。三期生の彩《いろどり》ましろだよ」

「まぁまぁ、こういうのもいいじゃない。普通に当日を迎えるより感慨深くてロマンチックよ。三期生の柳瀬《やながせ》ちゃみよ」

「……それはそうかも。僕も今の高揚感は好きだな、普通に当日を迎えるのもいいけど、きっとそれだとこの感情は味わえなかった」

「そうですよ！　それに、今日はもう一つめでたいことが重なった日でもありますからね！　リスナーの皆様にも事前に告知した通り、今日！　私たちの大切な同期が活動休止から復活します！　さぁ、皆様もう待ちきれないと思うので、登場して頂きましょう！」

…………………。

あ、あれ？

え、予定では最初の掛け声で存在を匂わせていた光ちゃんが、ここで元気よく登場する予定だったんだけど⁉

慌てて皆揃《そろ》って光ちゃんの方を振り向くと、そこにはカチコチに固まった様子で俯《うつむ》いている光ちゃんの姿があった。

「ど、どうしたんですか光ちゃん⁉」

小声で話しかけると、光ちゃんはまるでロボットのようなカクカクの動作でこちらを振り向く。

「コ、コワイ……」

「へ？　怖い？　なにがですか？」

「大丈夫かなぁ？　皆光のこと忘れててお前誰とか思わないかな⁉　記念日が1ヵ月も遅れて怒ってないかなぁ⁉」

一度口を開くと矢継ぎ早に、小さな縋《すが》るような声で不安を連呼し始める光ちゃん。

「ちょ、ちょっと⁉　さっきまでは平気そうだったじゃないですか⁉」

「配信が始まったら急に緊張が来ちゃったんだよ！　最初の掛け声は頑張った！」

「頑張ったじゃないよ、配信はこれからスタートなの。全く、僕の話忘れたの？　この程度で光ちゃんを見放すリスナーさんじゃないよ」

「そう信じてるけど！　どうしてもいざこの瞬間は怖いんだよぉ！」

「光ちゃんドMなんでしょ？　罵声があったとしてもむしろご褒美《ほうび》じゃないの？」

「それとこれとは話が別！　光は愛のある痛みが欲しいの！」

「……あの～……小声で喋《しゃべ》っているところ悪いけど、今の会話、全部マイク拾ってるわよ？」

「「「え？」」」

ちゃみちゃんの声に揃って気の抜けた声をあげてしまう私たち3人。

唯一その中で光ちゃんの顔だけが青ざめていく。

「え」

だが、それも光ちゃんが発した二回目の気の抜けた声と共に消えていた。

マイクが声を拾っていたことにびっくりした光ちゃんは、その驚きで俯きがちだった顔を上げてしまい、その視界にはＰＣの配信画面も入っていた。

そして――光ちゃんはその顔を再び下に向けようとはしない――

いや、それどころか瞬《まばた》きすら忘れている——
そうしてただ一点、そこをじぃっと凝視している——
そう、ただただ一点——
お祭り騒ぎが起こっているコメント欄を、彼女は見つめていた——

：光ちゃん復帰おめでとう！
：光ちゃん出てきて——!!
：待ってたよ！　また元気な光ちゃんが見られて嬉《うれ》しい!!
：復帰&ドM化おめでとー！（？）
：喉も治って良かった
：復活とドM化おめでとう！　ドM化はおめでとうでいいのか…?? その謎を追究するべく我々はライブオンの奥地へと向かった……　¥50000
：復活おめでとう！　これから毎日同期に罵倒されようぜ
：光ちゃん復帰おめ！
：復帰祝いの品です（低温ロウソク）シュワちゃんと一緒に楽しんでください
：おかえり！　ゆっくり休めたかな？
：ライブオンの希望の光が帰ってきた！　ん？　あれ!?

：**光ちゃん、覚醒復活おめでとう！　￥10000**
：案の定コメントがドM関連で埋まってて草
：ん？　すまん、覚醒とかドMとかってなんや？　光ちゃんなにかあったん？
：淡雪ちゃんが休止中にドMに調教したらしい
：え？
：まるで意味が分からんぞ！
：心配するな、あわちゃんの口から経緯を聞いた俺らもあんまり理解できてない！
：ゲロ式配信切りの次は調教式配信休みを披露してくれた模様
：**エンターテイナー過ぎるだろ　￥610**
：ま一た淡雪ちゃんが人の性癖にスト○○流し込んで開花させたのか
：シオンママ、エーライちゃん、ちゃみちゃん、還《かえる》ちゃんと有素《ありす》ちゃんも入れてよさそう
：**スキル星の開拓者ならぬ性癖の開拓者だな　￥211**
：信じて休暇に出した光ちゃんが同期のアワさんの調教にドハマリして笑顔のドM宣言配信を送ってくるなんて……
：草
：思ったんだけど、あわちゃんが清楚《せいそ》枠に返り咲くために、全員のやばさを強化して相対

的な清楚度を上げようとしているのでは……？
：これは知能犯ですね。「心音淡雪の真・清楚奪還計画」始まったな
：尚《なお》、相対的に上がっても絶対的には上がらないので清楚枠を勝ち取るのではなく、ライブオンから清楚枠が廃止されるだけな模様
：復帰おめです。これからも〝体調を気遣いながら〟2周年に向けて毎秒配信してどうぞ
：まぁ光ちゃんって元からドMの傾向あったから……
：確かに
：祭屋のMはドMのMやったんやな…
：あの…復帰どころか変な方向に悪化してるんですが…
：光ちゃん……なんとなく素質はあると思ってたよ……
：今の三期生で「ククク…奴《やつ》は四天王の中でも最弱」と呼べる奴いない説
：なにはともあれ復帰がめでたい！
：お前の帰りを待ってたんだよ‼
：**久しぶりに声聞けて泣きそう。喉が手遅れにならんくて本当によかった　￥5000**
：**無理する光ちゃんを止めた淡雪ちゃんには大感謝！　1周年もおめ、これは新しいスト○○代だ！　￥10000**

：おかえり

「みん……な……」

呆然《ぼうぜん》とした目に、段々と光が輝き始める。

私、ちゃみちゃん、ましろんは一度目を合わせた後強く頷《うなず》き、光ちゃんの背中に手を回し、マイクの前に押し出す。

光ちゃんは潤んだ目元を一度手で拭い、少し照れくさそうに笑うが、その顔にもう恐れはなかった。

「えっと、皆！　祭りの光は人間ホイホイ！　えへへ、皆の祭りの光に、今日はこっちが誘われちゃいました！　ライブオン三期生祭屋《まつりや》光でーっす！」

そう、これだ、ライバーとリスナーさんとがお互いに支え合う。これが私たちのあるべき姿。

これにて、光ちゃん！　完　全　復　活‼

「あったけぇ……リスナーさんとの絆《きずな》があったけぇですなぁ……」

「……これでドMの件が無ければ僕も素直に感動できていたのになぁ」

「ほんとよねぇ……」

「冷てぇ……同期の視線が冷てぇですなぁ……」

訂正！　これにて光ちゃん‼　改　造　復　活　‼‼（泣）

「さてさて、開幕の挨拶も終わったところで、それでは今日の配信の企画内容の説明に入りますね。かたったーでも事前に告知がありましたが、今日は光ちゃんの家で4人集まってお泊り会をします！」

「本当は1周年丁度のタイミングでやれたらよかったんだけど……光のせいで一度延期になっちゃってごめんなさい……うぐぐ、なんであんなバカなことしちゃったんだろう……」

「まぁまぁ、反省は大事だけれど、自分を責めすぎてもだめよ」

「そうだね。それに、さっきのちゃみちゃんの挨拶を聞いて思ったけど、1周年と1ヵ月記念っていうのも僕たちらしくて良くない？　常に予想の斜め上を行ってこそライブオンだよ」

「まっ、ましろちゃん！」

「あ、えっと、抱きつかれる程のことは言ってないというか……あの、よっ、よしよし……」

ましろんの言葉に心打たれたようで、そのままぎゅっと抱きついた光ちゃん。

ボディータッチが激しい光ちゃんに顔を赤らめながらも、戸惑いがちに抱きしめ返すま

光ちゃ 帰お
お前の 待ってた
おかえり
●LIVE

しろんがてぇてぇ！

「うんうん、いいこと言いますねましろん！　やっぱり私たちは誰もやらないことをやらないと！」

「そうよね！　好きなものを好きって言って何が悪いのかしら！　声フェチ最高！」

「自己肯定に浸っているところ悪いけど、そこの２人は最近斜め上どころか真上に行ってる節があるからね？　集まると自然とツッコミ役になる僕の身も労《いたわ》ってほしいな」

「ねぇましろちゃん！」

「ん？　どうしたの光ちゃん？」

「このままプロレス技のベアハッグかけて！　めっちゃ強く抱きついて締め上げる技！」

「ああそうだった、光ちゃんもあの２人に負けないくらいの変人になったんだったね！　ふんっ！」

「おっ、そうそう！　遠慮なんてせずにもっと強く抱きしめてくれ！」

「……うっ、うるさい！（ぺちん！）」

「あひん⁉」

もう終わりとばかりに光ちゃんから離れてそのお尻を叩《たた》いたましろん。

だが私には分かる。今のましろんは遠慮なんてなしに本気でベアハッグしようとしたけど、非力すぎて光ちゃんに分かってもらえず、無理やり誤魔化したことを。

必死な顔で抱きしめてたましろんかわいい。

リスナーさんにも何が起こっていたのかを説明する。一瞬止めようとしてきたましろんだったが、配信者としてリスナーさんに状況を説明する必要があるため、睨《にら》み顔になりながらもじっとしていた。かわいい。

「ねぇましろん」

「……なに？」

「ざぁこ♥ざぁこ♥」

「（ぺちん！）」

流石《さすが》に無言で尻をしばかれてしまった。かわいい。

「…………（ぺちん！）」

「ひぇえあ⁉　え⁉　なんで私までお尻叩かれたの⁉」

「いや、ちゃみちゃんのお尻おっきくて叩き心地良さそうだったからつい」

「お、大きくないわよ‼　……そう思いたい。微妙にコンプレックスなのよねぇ……」

「そう？　ちゃみちゃん身長があるからお尻の大きさがメリハリに繫《つな》がってスタイルよく見えるけどな。あと昇天してないで光ちゃんは早く起きる」

：このオフじゃないと見られないやり取りがたまらん
：わかるマーン!!
：完全にドMの声出してて草。これが淡雪ちゃんの調教の成果か
：ちゃみちゃんは！　お尻が！　大きい！
：タッパとケツがデカい女がタイプだったのかな？
：俺はヤッパと札が似合う女が好きです
：残念ながらちゃみちゃん愛《いと》しの組長は今日お休みや
：ましろんがかわいすぎてしんどい

こうしてほのぼのと始まったお泊り会。

要所要所に企画を用意してあるが、当然時間は山ほどあるので、全体的にこのようなゆったりとしたテンポで進行していった。

光ちゃんが喉を壊してしまったときなどの今日に至るまでの過程の回想から広がり、やがて今日という日を迎えることができたことへの達成感へと話題はシフトしていった。

「デビューから1年以上経《た》ったのね……なんだか長かったのか短かったのか私よくわからないわ……」

「そうですねぇ。とにかく激動の日々だったので長短どちらにも感じます」

「あわちゃんは特にすごかったかもね。トラブルメーカーと巻き込まれ体質両方持ってるから」

「おお！　金○一とかコ○ン君みたいでかっこいいぜ淡雪ちゃん！」

「あははっ、初配信の時は今の自分の姿なんか想像もできませんでしたよ」

デビュー当初を思い返す。

懐《なつ》かしいなぁ。自分に自信がなくて内心を表に出すことが怖かったから、無理やりにでも清楚系を通し、配信でも常に緊張が抜けなかったあの頃。

下ネタなんかコメントから拾うことすらなかったのが、今日ではこうなっているのだから人生不思議なものだ。

しかもそれが配信を切り忘れたことがきっかけというね。

「初配信かぁ、僕とか光ちゃんはあんまり変わってないかもしれないね。……ドMは一旦置いておいて」

「光は常に全力疾走だからね！」

「私は迷走してたわねぇ……。初配信とか緊張でまともに喋《しゃべ》れてなかったし、それからも光ちゃんをまねてハイテンションにしてみたらコメント欄で『無理しないでいいんだよ』って言われまくったの未《いま》だにトラウマだわ。それが今では……あれ？　なんだか今もずっと迷走している気がしてきたわ？」

「まぁまぁ、それがポンコツキャラとして人気がでる要因に繋がっているわけじゃないですか。それに——なんだかんだ言っても私は今が楽しいです」

私がそう言うと、皆は頷きながら一斉に同意の声をあげた。そしてしばらく無言で見つめ合った後、なぜか今度は一斉に笑い始める。

なぜ笑っているのか自分たちでも意味不明だけど……きっと今こうやって皆で笑える、それがこの記念日で最も重要なことなんじゃないかな。

カオスでおバカでハチャメチャな道のりだったけど——ライブオン三期生はカオスでおバカでハチャメチャで、そして最高だ‼


前振りも全て終わり、いよいよお泊り会らしくなってきた。今はオフで会っている利点を活《い》かして『愛してるゲーム』をやっているところだ。

一応ルールを説明しておくと、２人一組になって『愛してる』と言い合い、照れたりした方が負けのバトルを総当たり戦で行う。

１年以上一緒に活動してきたのだから愛を告げるくらい余裕なはずという煽《あお》りで始まっ

たこのゲーム。最下位の罰ゲームはなんと、ちゃみちゃん持参のASMRマイクを通してリスナーさんに『愛してる』と言うこと。

照れたり笑ったりでなんともくすぐったい雰囲気で進行していくゲーム、今は光ちゃんとちゃみちゃんの対戦だ。

「ちゃみちゃん！　愛してる！」

「……そうね、私も愛してるわ、光ちゃん」

「うん！　……うーん？　なんかさっきから光がやっても誰も照れてくれないのなんで？」

「光ちゃんははっきり言いすぎるからなんだか照れないのよ。そして言われる側になっても照れないから負けることもないわけね」

「えー？　なんかそれかっこよくない！」

「そんなことないわ。ずっと±0ってことは麻雀《マージャン》漫画の咲みたいよ」

「おおお⁉　なにそれめっちゃかっこいい！　光魔王だ！　嶺上開花《リンシャンカイホウ》！」

「あっ、でも±0ってなんだか淡雪ちゃんみたいでもあるわね」

「おおお！　それもかっこいい！　光スト○○ゼロ！　どちゃシコどちゃシコ！」

「キャアアア――――⁉　こら光ちゃん‼　意味を把握してない言葉を使うのはやめなさ

「あわちゃん――――い‼」

「おーとうとうましろんの視線が冷たいを通り越して汚物を見る目に……」

こうしてちゃみちゃんと光ちゃんの戦いは終わり、次は私とましろんとの対戦。

私はちゃみちゃんに愛してると言われたときに鼻血が出るアクシデントがあったものの、私から言うの自体はあまり照れない為《ため》、罰ゲームは回避できそう。

反対にましろんは自分から言うのが苦手なようで照れまくり自爆が多発。囁《ささや》き声《ごえ》にボコられているちゃみちゃんと罰ゲーム争いをしている状況だ。

「流石にもう負けられないな……よしっ、それじゃあ僕からいくよ」

「はい！」

ましろんと至近距離で目を合わせ、そして――

「あわちゃん――愛プフフアハハハハ‼」

「えー⁉」

しかし、ましろんが『愛してる』の『愛』の部分で何故《なぜ》か私から顔を背け、そして大笑いを始めてしまった。

え、なんで⁉　今までましろん自爆はしててもこんなに笑うことなかったよ⁉

「ご、ごめんごめん、あわちゃんに愛してるって言うの、なんだか面白くて噴き出しちゃった」

「なんかそれ酷《ひど》くないですか⁉」

私に背中を向けてそう言うましろん、ショックである……。

「あれ？　ましろちゃん顔真っ赤だよ？　どした？」

「ちょ、光ちゃん⁉　そういうことは言わなくていいんだよ！」

しかし、ましろんが顔を背けた方向に偶然居た光ちゃんの発言により発生した上昇気流により、急降下していた私のテンションは元の位置すら通り越して急上昇する。

ましろんが顔を真っ赤にしている……今まで頰を赤くすることはあっても真っ赤になるなんてことはなかった……そしてましろんのあの誤魔化すような反応……。

もしかしてましろん――私に誰よりも照れてた？

「ましろん‼」

「ひぇあぁ⁉」

私は無理やりましろんの肩を摑《つか》んで振り向かせ、そして両手で本当にトマトのように真っ赤な顔面を固定する。そして鼻先が触れそうになるくらい顔を近づけ――

「愛してる」

「――――も、もうやだあああぁぁぁ――‼‼」

愛を告げた私から力尽くで抜け出し、駆け足で部屋を出てトイレに籠ってしまったましろんを見て、私は満面の笑みで鼻血を噴出するのだった。

だがまだだ！　まだ終わってない！

私相手に言うと言われるどちらの側でも負けたことで－２ポイントを背負ったましろんは、罰ゲームが確定してしまったのだ。

「ううう……僕リスナーさん相手にこんな甘いこと言ったことないよ……」

数分後トイレから拗《す》ねた表情で出てきたましろん。設置されたASMRマイクの前で再び顔を赤くする。

「ねぇ光ちゃん、今からでも僕と代わらない？　ドMなら罰ゲームとかご褒美《ほうび》でしょ？」

「ん－……これから配信終了まで皆の椅子になるとかなら代わりたいけど……」

「じゃあそれにしよう、罰ゲーム変更だ」

「だめよましろちゃん。ほら、リスナーさんも待っているわ」

「まっしろんの～、配信者魂見ってみったい～！」

「くっ……後で覚えてなよ……」

私たちは耳を澄まして時を待つ。ちゃみちゃんに至ってはイヤホンを限界まで耳奥にはめて目を閉じているガチ具合である。
やがて覚悟を決めたようで、ましろんはマイクに顔を近づけ、そして口を開く。
「…………ぁ、あ……愛し……てる」
：（・ε・；；；）…………
：ハッ、ハッ、ハッ、ハッ、ハッ……ハッ……ハッ………ハッ……ドゴーン（マイルズ・ダイソン）
：口角上がりすぎてブルーアイズアルティメット城○内君みたいになった
：¥50000
：¥50000
：バタリッ！
：…
：…
：…
「は、はいもう終わり！　あ、あれだからね！　今のは日頃の感謝ってやつだから！　もう次の企画行くよ！　……え？　あれ？　なんであわちゃん僕のこと押し倒したの？　あれ？　ちゃみちゃんも？　え、あの、２人に乗られると流石《さすが》に重いんだけど……ね、ねえ、なんでなにも言わないの？　僕今すっごく怖いよ？　ひっ光ちゃん助けて！　ケダモノに襲われる！　ってはぁ⁉　なんで僕の体の下に潜り込んできた⁉　いやいや潰されたいとか意味わかんないから！　あーもう誰か助けてえええぇぇ――‼‼」

再びトイレに逃げ込むましろん。おい、ＳＥＸ（デュエル）しろよ。どうして同期Ｖと合体しないんだ？

ゲームに勝ち、ましろんに完敗した私たちなのだった。

そして時間は流れて夕食時。

夕食は料理ができる私とちゃみちゃんがメインになって作ることになっている。なにを作るかだが、せっかくならパーティーらしい料理にしようということになり、決まったのはたこ焼き。所謂《いわゆる》タコパってやつだ。

材料も事前にちゃみちゃんが揃《そろ》えていてくれたため、早速調理に取り掛かろう。

「……今更だけど、生地作るだけでいいなら私たちじゃなくてもできる気がしてきたわね。焼きは皆でやるし」

「まぁまぁちゃみちゃん、材料切るくらいは腕の見せ所ありますよ」

焼き用のプレートは光ちゃんの家にあるらしく、ましろんと2人で準備してもらっている（光ちゃんの家なんでもあるな……）。

えーっと、まな板はどこかなー。

「あ、ましろんちょっとこっち来てください」

「ん？　どうしたの？」

「いやー丁度まな板が見つからなくて困ってたんですよねぇ、ましろんが居て助かりました！　携帯まな板の異名は伊達《だて》じゃないですねグホァ⁉」

ネタでましろんを台所に呼んでまな板代わりにしようとしたら腹パンを食らってしまった。びっくりはしたが相変わらず非力で痛くない。

「（キラキラキラキラ‼）」

「いや光ちゃん、そんなに期待した目でお腹《なか》を見せつけられても僕無罪の人は殴らないからね？　ほら、服下ろさないとお腹冷えちゃうよ？」

「えー⁉　淡雪ちゃんだけズルイズルイー！」

「光ちゃん！　なにか平らな物の名前を出せばいじめて貰《もら》えますよ！」

「へ？　平らな物？　あっ、ましろちゃんのバッタ〇キング！」

「よし光ちゃん覚悟しろ、痛みとは違う地獄を味わわせてやる。というかなんでキング付けた？」

「そっちの方が強いから！」

「この場合は強かったらだめでしょーがー！」

そう言って光ちゃんの露《あら》わになったお腹側面をくすぐり始めるましろん。キャッキャキャッキャとじゃれ合う女の子2人……。

「あぁ～ええ光景なんじゃぁ……」

「ほら淡雪ちゃん、私たちは遊んでないで材料切るわよ。まな板も見つけたわ」

「え、ちゃみちゃんが頼りに見える――だと――」

「なんでそんなに驚いているのかしら？　料理の主軸は私たちなのだから、私たちがしっかりしないと美味《お》しいものができないでしょう？」

「ちゃ、ちゃみちゃん！　そうですよね！　今は私たちのターンなんですから、決めるときはビシッと決めないとですよね！　それじゃあ早速、なにから切ろうかなー（材料が入っている袋を漁《あさ》る）。……ちゃみちゃん」

「なにかしら？」

「タコはどこに？」

「ダッシュで買ってくるわ」

「ちゃみちゃん（泣）」

どれだけ探しても材料の中にタコが見つからない。チーズとかウィンナーとかはあるのに……。

決めるべき時にビシッとライブオンを決めたちゃみちゃん、流石である……。

結局用意が終わって手持ち無沙汰になっていたプレート班の2人が、近くのスーパーに買いに行ってくれたのだった。

「ごめん……本当にごめんなさい……」

「いいってことよちゃみちゃん！　むしろ光は今パシリにされて最高に興奮している！ありがとうって言わせてもらうぜ！」

「ああああ淡雪ちゃん！　この子天使よ！」

「天使じゃなくてドMですよ」

「それ、あれはガ○キーじゃなくてシュワちゃんですよって答えているのと似たようなものだよ」

「もしかしてそれガ○キーが天使で私がドMの立場ってこと？　ましろん今私のことめち

ゃんこバカにしました？」

そんなこんなでわちゃわちゃとタコパを楽しみながらお腹を満たし、そして次の企画は――

「よし、マイクの設定も完了、これで準備はいいですね？　それでは、三期生によるミニライブの開催です！」

ミニライブ、つまりは歌である。

そう――練習で光ちゃんが喉を壊す原因にもなってしまったあの企画だ。

流石にあの事件があったため、歌はやめようかとの話も出たのだが、結果的にそのまま開催することになった。

なぜか？　ちゃみちゃんと私で光ちゃん宅に集まったあの日のことを思い出してほしい。光ちゃんの喉はあの時点でほぼ完治しているのだ。

そもそも、光ちゃんが1ヵ月の活動休止期間を設けたのには、実は体を休める以外にもう一つ理由があった。

それは歌の練習だ。

活動休止期間とはいえなにもしないのはそれはそれで主に精神面に良くない。そして私たちは喉が仕事道具だ。そこに負担をかけない声の出し方を学ぶことは無駄にはならない。そこで、疲労に繋《つな》がらない程度にボイストレーニングをこの期間中光ちゃんはプロの先生から学んでいたのだ。

休止当初の声は出せない頃から座学が中心ながらもこれは始まっていた。そして喉が治ってからはより本格的に。この1ヵ月間、光ちゃんは学び続けた。

そして迎えた今日、光ちゃんの歌はどうなったかというと――

：はい！　はい！
：♪♪♪
：やベーー！
：淡雪ちゃん相変わらず歌うめーな
：ちゃみちゃん意外なくらい声出てて草
：ましろんの落ち着いた歌声たまらん
：光ちゃんうめーー!!
：え、歌苦手で喉壊したはずでは!?
：全く他の3人に負けてないやん！

ドヤァァァァァァァァ――‼‼

楽しそうに曲に合わせて体を揺らしている光ちゃん。

間違いなくこの時、私たち4人の歌声は一つになっていた。

さてさて、いよいよお泊り会も最終盤だ。

ミニライブの後は入浴を済ませ、もう皆寝間着に着替えている。

そして一日の終わりにやることと言えば――

「「「「かんぱ――――い‼」」」」

飲み会に決まってるよなぁ‼

「ごくっ、ごくっ、おお、確かに甘くないね。でも飲みやすくて僕は割と好きかも」

「そうね。でもこの飲みやすさが度数以上の酔いやすさにも繫がるから、ペースには注意……ってどこかで見たわ。私も飲むの初めてなのよね」

「うんまい！　スピリタスで割りたい！」

「言いたいことがあるんだよ！　やっぱりスト〇〇は美味しいよ！　好き好き大好きやっぱ好き！　やっと見つけたお姫様！　私が生まれてきた理由！　それはお前に出会うため！　私と一緒に人生歩もう世界で一番愛してる！　ア・イ・シ・テ・ル――――‼」

:かんぱ――――い‼　¥10000

：プシュ!!　￥２１１
：ましろんがお酒飲んでるの初めて見たかも
：スピリタスで割るはもうスピリタスを割るが正しいのよ
：スト○○にガチ恋口上してるやつが推しな自分に困惑してる
：いや飲み会はいいんだけど……なんで全員スト○○飲んでるんですかねぇ!?

：貧乏大学生の宅飲みかな？

：スト○○を飲む理由はスト○○だからだ、つまり問題ナシ！

「あっ、このちゃみちゃんが作ったおつまみ美味しいね、僕好きだなぁ」

「本当？　口に合ってよかった」

「さっきスーパー行った時ついでに刺身とかも買ったから、これも食べようず！」

「松た○子！　松た○子！　ヤ○ザキ春のパンまつり！」

「あわちゃん、ミュート」

ああああぁぁ……大切な仲間たちと愛《いと》しのスト○○ちゃんを楽しむ――こんな瞬間を迎えることができるなんて、私は幸せ者だ！　テンションも最高潮よ！

「ふぅ、これでシュワちゃんも記念日に参加だね。全員参戦だ」

「あ、ほんとだね！　シュワちゃんチーッス！」

「光ちゃんチーッス！」

「あ、あの！　酔ってる淡雪ちゃんのこと、私もシュワちゃんって呼んでいいかしら⁉」

「ちゃみちゃん⁉　なぜこのタイミング⁉」

「ごめんなさい……実はずっと昔からそう呼びたかったのだけれど、最初に呼ぶタイミング逃してからずっとヒヨッてたの。でも今日こそは勇気を出すって心に決めていたのよ！」

「うっわぁすっごいちゃみちゃんらしいエピソード……勿論《もちろん》いいですよ。今日を機にもっと仲良くなるどー！」

「――ッ‼　やった――――‼‼」

万歳して大喜びした後、スト○○を勢いよく飲んでいるちゃみちゃん。これもう結構酔っ払い始めてないか？

「そうだ！　今から皆で4Pして仲を深め合うとかどうよ！」

「あ、淡雪さん。僕にそれ以上近寄らないでもらえますか？」

「え……？　どうしたのましろん？　初対面の時でもそんな遠い距離感じゃなかったでしょ……？」

「シュワちゃんが変なこと言い出すからでしょ。記念配信でBANとかご免被《こうむ》るよ」

「だってさっき愛してるゲームしたじゃんか！」

「それがどうして4Pに繋がるのか僕には分からないよ」

「愛してる＝Iしてる＝自慰してる＝欲求不満アピール＝SEXのお誘いってことだよ！」

「あー……確かに」

「え？　ましろん、なんで納得してるの……？」

こうして最後の一押しとばかりのはっちゃけ具合で、飲み会は進んでいった。

全員お酒が入っていることもあり、会話の内容がめちゃくちゃになることも多々あったが、それすらも今の私たちには楽しくて仕方がなかった。

そして……どんなに楽しい時間にも終わりはやってくるものだ。

また来年もこうやって皆で祝える日が来ることを誓い合い、配信は幕を閉じたのだった。

「うゔゔゔゔ‼」

「ちゃみちゃん！　もしかして吐きそうなの⁉　よっしゃあ！　そのまま光の顔にぶっかけて！」

「ゔゔゔゔゔ⁉⁉」

「ねぇシュワちゃん、僕とどちゃシコしよ？」

「まままままましろんなに言ってるの⁉　酔いすぎだって！　自分がなに言ってるのか理解してる⁉」

「……ぐぅぅぅ…………」

「って寝てる⁉」

：締めの挨拶後になにやってんだwww
：光ちゃんがドM&無知シチュのコラボレーションでライブオン屈指のド変態発言してるの草
：ちゃみちゃん飲み過ぎに注意喚起してたのになぜ一番やられているのか……
：ましろんエッ‼‼　シュワちゃんはえっ⁇⁇
：シュワちゃん、普段自分がなに言ってるのか理解してる？
：ましろんが多方面を殺しに来ててやばい
：ましろちゃん⁉　あー！　ああ――――‼（限界化）
：肝心なところでヘタレ……ハーレム物の主人公かな？
：これもう三期生じゃなくて惨期生だろ
：これからは1周年どころか1秒記念を毎秒開いてどうぞ
：一生コラボしてろ

……来年は飲み過ぎに気を付けよう。

エピローグ

とある会社の事務所の一室。そこでは2人の女性が向かい合って座っていた。

片方は穏やかな笑みをうかべているのに対し、もう片方はどこか悲しげな表情をしている。

前者の名前は星乃《ほしの》マナ。VTuber黎明期《れいめいき》から今日に至るまで常に業界の最前線を駆け抜け続けたレジェンド。後者はそんな彼女をずっと裏から支え続けたマネージャーであった。

「それじゃあマナさん、本当によろしいですね？」

「うん。悔いなんて、この件をお願いしたその日からないよ」

マネージャーはマナの言葉を聞くと、数秒目を閉じて俯《うつむ》いた後、手元に広げていた書類を纏《まと》め、今一度向きなおる。

「それではマナさん。明日、1ヵ月後の卒業を告知する動画を出します。まだ少し言うのは早いかもしれませんが、今までお疲れさまでした」

「うん、今までありがとう」

「本当に、本当にお疲れさまでした……」

「マネちゃん……」

マネージャーの絞り出したような声は、非常に小さな声でありながら別れを惜しむ叫びのようでもあり、それだけでこの2人の間にはただの仕事仲間を超えた友情があることが分かる。

彼女がここまで悲しんでいる理由は一つ。

レジェンドVTuberである星乃マナは――卒業する、言い換えるならVTuberからの引退を決め、今日明確に卒業までの段取りが決まった。

一つの伝説が終わろうとしていた。

「はぁ、マナさんが卒業してしまうなんて、これからこの会社はどうなるのやら……」

マネージャーが空元気でも笑顔を作り、わざとらしいため息と共にそう言うと、マナは顔の前で手を振り照れ笑いを返す。

「なに言ってるの、元からこの会社にとって私は事業の一端ポジションだったでしょ！そこそこおっきい会社なんだからこれだけで傾くわけあるか！　それに、この前社長から聞いたよ？　前に始めたVTuberのアバター作成受注の事業、すごい評判いいらしいじゃん」

「それはそうですけどー！　でもVTuberの運営事業からは離れることに恐らくなりますから……忙しいけど楽しくもあった仕事なので、個人的に残念なんですよ」

この会社には星乃マナ以外のVTuberは所属していなかった。マナの才能を全面的に支えられるよう、新規のライバーを増やすのではなく、マナのソロ活動に全てを集中させる方針だったのだ。

これにはVTuber事業に振らなくても大丈夫な規模の会社だからこそのリスク分散という側面もあったが、なによりマナという存在が強く信頼されていることが大きかった。

「……私１人なんかの為《ため》に皆動いてくれていたんだよね」

「なんかじゃないですよ。あなただからです」

お互い向かい合い、数秒無言の時間が流れる。

まるでこの一時を噛《か》みしめるようにその時間を楽しんだ後、マネージャーは仕事の話に戻った。

「それでですね、前に相談した卒業配信の内容の件ですが、現状こんな感じになっています」

「お、決まった？　どれどれー？　ふむふむ……うぇ⁉︎　有名なライバーさんめっちゃ来るじゃん⁉　え、これ本当に全員来るの⁉」

「はい。卒業のことを話したら皆さん即答で決めてくれましたよ。登場順とかはこれからですが」

「まじか、なんか緊張してきた……」

「あと――このタイミングで我儘《わがまま》なんかも聞いてあげられますよ」

「え？　我儘？」

「はい。最後ということで、配信内容に出来る限り功労者であるマナさんの要望を聞いてあげて欲しいと上に掛け合い、了承を貰《もら》いました。今までキャラクターイメージを守るために厳しい制約がありましたからね。現状の配信内容も、仮のものだと思ってガンガン変えちゃうくらいならやっちゃっても平気です。最後くらいなんでも言ってください」

「ほんとに⁉　えーどうしよ、じゃあさ、じゃあさ、演出面とかにも関わってもいい？」

「勿論。やりたいことがあったらなんでもどうぞ、後日でも大丈夫です、なるべく早めがありがたいですが……」

「やっぱ！　テンション上がってきた！　不満ではなかったけど、私の運営過保護すぎるところあったからなー」

「ふふっ、特に仲が良かったライバーさんは大体呼びましたが、他に会いたい方がいれば、それも掛け合ってみますよ」

「まじか‼　えっとね、じゃあね」

どうやら会いたい人に心当たりがあったらしく、数人の名前をあげるマナをマネージャーが微笑《ほほえ》ましそうにメモする。

「……ちなみにさ、初対面の人でもよかったりする？」

「初対面ですか？　掛け合ってはみますよ」

「ほんと？　ほんとにいいんだね？」

「は、はい」

異様な念押しに思わず不安の表情を見せたマネージャーに、マナはにやりと笑い、

「それじゃあ伝説のライバーさんを呼んじゃおっかなぁ」

そうお願いしたのだった——

あとがき

『VTuberなんだが配信切り忘れたら伝説になってた』略して『ぶいでん』の5巻を手に取っていただきありがとうございます。作者の七斗七《ななとなな》です。

いつの間にか5巻ですね。最初期はオリジナルでありながらリアルのVの二次創作にも近かったこの小説が、遂《つい》に二桁まで折り返しです。いつも読んでくださる皆様のおかげです。

さて、5巻は三期生が主軸の話でしたね。楽しんでいただけたでしょうか。

その中でも目立ったのはやはり光《ひかり》でしょうか。真面目なお話からコメディまで、頑張りすぎを発端に色々なことを起こしましたね。

リアルでも、現状Vが頑張りすぎて体調を崩す問題がとても多い気がします。とは言っても作中で書いたような理由などもあり、そう簡単には休めないのでしょうね。

ラノベ作家であり配信者でもない私がなにか言えるわけでもないですが、応援する身としては、幸せでいて欲しいと思います。

次巻ですが、従来の通りコメディを中心にしながら、5巻で登場した星乃《ほしの》マナ、そして不自然なほど触れないことで伏線のようにしていた淡雪《あわゆき》の家族のお話が展開されます。

webでとても人気を博し、一旦ここまでの物語の集大成にもなるエピソードが含まれる第6巻、発売されたらまたよろしくお願いします。

最後に、この5巻を彩《いろど》ってくださった関係者各位、そして応援してくださる読者様に心から感謝し、あとがきを締めにしたいと思います。

5巻もありがとうございました。6巻でまたお会いしましょう。

お便りはこちらまで
〒一〇二-八一七七
ファンタジア文庫編集部気付
七斗七（様）宛
塩かずのこ（様）宛

富士見ファンタジア文庫

VTuber《ブイチューバー》なんだが配信《はいしん》切《き》り忘《わす》れたら伝説《でんせつ》になってた5

令和4年9月20日　初版発行
令和6年6月15日　7版発行

著者――七斗《ななと》 七《なな》

発行者――山下直久
発　行――株式会社KADOKAWA
〒102-8177
東京都千代田区富士見2-13-3
0570-002-301（ナビダイヤル）
印刷所――株式会社KADOKAWA
製本所――株式会社KADOKAWA

ISBN978-4-04-074690-6 C0193 ◆◇◇

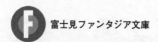

騙しあい。

各国がスパイによる戦争を繰り広げる世界。任務成功率100%、しかし性格に難ありの凄腕スパイ・クラウスは、死亡率九割を超える任務に、何故か未熟な7人の少女たちを招集するのだが——。

シリーズ
好評発売中！

ファンタジア文庫

世界最強の
“不可能任務”に挑む少女たちの
痛快スパイファンタジー！
スパイ教室
竹町
illustration
トマリ

これは世界を救う
久遠崎彩禍。三〇〇時間に一度、滅亡の危機を迎える世界を救い続けてきた最強の魔女。そして――玖珂無色に身体と力を引き継ぎ、死んでしまった初恋の少女。
無色は彩禍として誰にもバレないよう学園に通うことになるのだが……油断すると男性に戻ってしまうため、女性からのキスが必要不可欠で!?
シン世代ボーイ・ミーツ・ガール!
王様のプロポーズ
King Propose
橘公司
Koushi Tachibana
[イラスト]――つなこ

最強の初恋
シリーズ
好評発売中!
ファンタジア文庫

学校
……じろじろ見ないで
【朗報】
俺の許嫁になった地味子、家では可愛いしかない。
秘密の結婚生活《ラブコメ》!

ファンタジア文庫
甘えていいし？
家
著者：氷高悠
イラスト：たん旦
親同士の約束で俺に嫁（3次元）ができた!?
相手は地味で目立たない同級生・綿苗結花。
「最近の推しは誰ですか!?」「遊くん…って呼んでもいい？」
趣味もピッタリ、意気投合。
しかも、慣れたら学校では想像できないほど大胆に！
彼女の素顔と、2人だけの生活は可愛さしかない!?
クラスのあの子と

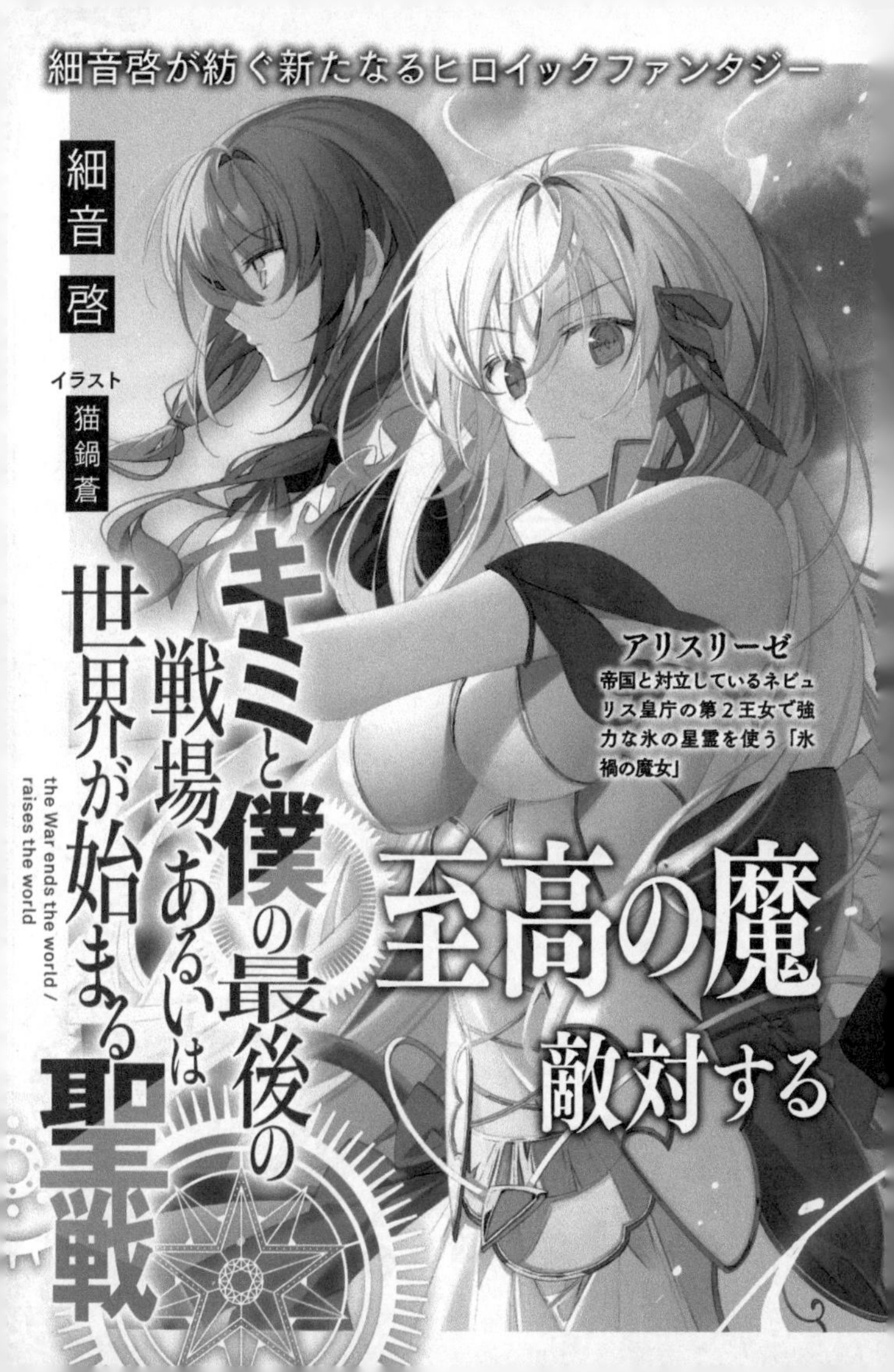
細音啓が紡ぐ新たなるヒロイックファンタジー
細音啓
イラスト
猫鍋蒼
キミと僕の最後の戦場、あるいは世界が始まる聖戦
the War ends the world / raises the world
至高の魔
敵対する
アリスリーゼ
帝国と対立しているネビュリス皇庁の第２王女で強力な氷の星霊を使う「氷禍の魔女」

ティナ
四大公爵家の
ひとつ、ハワード家に
生まれた公女殿下。
なぜか誰でも扱える
程度の魔法すら使う
ことができない。
変える
はじめましょう
アレン
公爵令嬢ティナの
家庭教師を務める
ことになった青年。魔法
の知識・制御にかけては
他の追随を許さない
圧倒的な実力の
持ち主。
発売中！

切り拓け！キミだけの王道
ファンタジア大賞
原稿募集中！
賞金
《大賞》300万円
《金賞》50万円
《銀賞》30万円
選考委員
細音啓「キミと僕の最後の戦場、あるいは世界が始まる聖戦」
橘公司「デート・ア・ライブ」
羊太郎「ロクでなし魔術講師と禁忌教典《アカシックレコード》」
ファンタジア文庫編集長
前期締切 8月末日
後期締切 2月末日
公式サイトはこちら！ https://www.fantasiataisho.com/
イラスト／つなこ、猫鍋蒼、三嶋くろね